# 내 마음의 풍금

# 내 마음의 풍금 하근찬 전집 23

초판 1쇄 발행  2026년 4월 18일

지은이  하근찬
펴낸이  강수걸
편집  오해은 강나래 이선화 이소영 박재화 이채연
디자인  권문경 조은비
펴낸곳  산지니
등록  2005년 2월 7일 제333-3370000251002005000001호
주소  부산시 해운대구 수영강변대로 140 BCC 626호
전화  051-504-7070 | 팩스  051-507-7543
홈페이지  www.sanzinibook.com
전자우편  sanzini@sanzinibook.com
블로그  http://sanzinibook.tistory.com

ISBN  979-11-6861-658-5 04810
ISBN  978-89-6545-749-7 (세트)

* 책값은 뒤표지에 있습니다.
* 잘못 만들어진 책은 구입처에서 교환해드립니다.
* 본 전집은 백신애기념사업회가 영천시의 지원을 받아 제작되었습니다.

하근찬 전집 23

# 내 마음의 풍금

산지니

# 밑바닥을 향한 진실한 시선

　세상은 속도에 차이는 있겠지만 늘 변해왔다. 그 변화에 사람들은 순응하기도 하고 저항하기도 하면서 발걸음을 맞춰왔다. 좋은 작가에게 우리가 거는 기대가 있다면, '새로운 눈'으로 세상의 변화를 보여주는 것이다. 작가가 보여주는 세계는 새로운 세상의 창조와 같다. 작가가 개성적으로 바라보는 창조적 관점은 세계에 새로운 옷을 입히는 것과 같기 때문이다.

　하근찬은 한국전쟁 이후의 상처를 민중의 관점에서 어루만지면서 '치유의 서사'를 펼쳐 보인 좋은 작가다. 그는 전쟁 이후의 혼란한 세계 속에서 '새로운 눈'으로 창조적 소설 작품을 써낸 존재다. 진실을 향한 집념을 가진 작가는 좋은 작품들을 남긴다. 하근찬은 '새로운 눈'과 '진실을 향한 집념'으로 사실의 기록자에 머물지 않고 진정한 창작자가 되었다.

　작가는 맑고 정상적인 눈을 가져야 한다. 건강한 눈으로 항상 세상을 골고루 넓게, 그리고 똑바로 바라보아야 한다. 똑바로 바라본다는 것은 바꾸어 말하면 어떤 현상의 밑바닥에 흐르는 진실을 꿰뚫어 보아야 한다는 뜻이다.

세상을 골고루 넓게 바라보는 것도 중요하지만, 똑바로 바라보는, 즉 꿰뚫어 보는 안광이 작가에게는 더욱 중요하다. 그렇지 않고서는 세상이 빚어내는 갖가지 일들의 의미를 파악할 수가 없는 것이다.(하근찬, 「진실을 꿰뚫어야 하는 안광(眼光)」, 『내 안에 내가 있다』, 엔터, 1997, 274쪽.)

하근찬은 세상을 바라보는 '눈'에는 두 가지가 있다고 보았다. 하나는 '세상을 골고루 넓게' 바라보는 눈이고, 또 하나는 '세상을 똑바로' 바라보는 눈이다. 그렇다면 작가가 강조하는 '똑바로 바라보는 눈'이란 무엇일까? 그것은 나타나는 현상에만 머물지 않고, 그 현상의 밑바닥에 있는 원인을 꿰뚫는 혜안을 말한다. '사건이 있었네!'에서, '왜 이 사건이 일어났을까?'라고 질문하는 탐구정신이기도 하다. 하근찬은 '바로 본다는 것'은 보이는 것에만 시선을 두지 않고, "밑바닥에 흐르는 진실"을 밝히는 것이라고 했다. 진실을 위해서는 깊이, 그리고 많이 생각해야 하고, 현상 이면에 담긴 원리와 작용하는 힘을 밝혀내는 노력을 해야 한다.

하근찬은 밑바닥에 흐르는 진실을 탐구한 작가였다. 웅숭깊은 그의 이 시선과 거룩한 문학적 성취는 한국문단에서 보기 드문 문학적 자산이다. 그럼에도 그의 문학세계를 전체적으로 살필 수 있는 전집이 없었으며, 참고할 만한 좋은 선집도 간행되지 못했다는 것은 참으로 안타까운 일이었다.

하근찬 탄생 90주년을 맞아 구성된 '하근찬 문학전집' 간행위원회는 다음과 같은 목표를 설정하였다.

첫째, 하근찬 작품 세계 전체를 충실히 복원하고자 했다. 그간 하근찬의 소설세계는 단편적으로만 알려져 있었다. 하근찬의 등단작 「수난이대」는 일제강점기와 한국전쟁으로 이어져온 민중의 상처를 상징적으로 치유한 수작이다. 그러나 그의 문학 세계는 「수난이대」로만 수렴되는 경향이 있었다. 하근찬은 「수난이대」 이후에도 2002년까지 집필 활동을 하면서, 단편집 6권과 장편소설 12편을 창작했고 미완의 장편소설 3편을 남겼다. 문업(文業)만으로도 45년을 이어온 큰 작가였다. '하근찬 문학전집' 간행위원회는 하근찬의 작품 세계를 '중단편 전집' 8권과 '장편 전집' 13권으로 나눠 총 21권을 간행함으로써, 초기의 하근찬 문학에 국한되지 않는 전체적 복원을 기획했다.

둘째, 하근찬 문학세계의 체계적 정리, 원본에 충실한 편집, 발굴 작품 수록을 통해 자료적 가치를 확보하려고 노력했다. 하근찬 문학전집은 '중단편 전집'과 '장편 전집'으로 구분하여 간행했다. 먼저 '중단편 전집'은 단행본 발표 순서인 『수난이대』, 『흰 종이수염』, 『일본도』, 『서울 개구리』, 『화가 남궁 씨의 수염』을 저본으로 삼았다. 이때 각 작품집에 중복 수록된 작품은 제외하여 편집하였다. 또한 단행본에 수록되지 않은 알려지지 않은 하근찬의 작품들도 발굴하여 별도로 엮어냈다. 이를 통해 전집의 자료적 가치를 높였다. 다음으로, 장편의 경우 하근찬 작가의 대표작인 『야호』, 『달섬 이야기』, 『월례소전』, 『산에 들에』뿐만 아니라, 미완으로 남아 있는 『직녀기』, 『산중 눈보라』,

『은장도 이야기』까지 간행하여 전체 문학세계를 조망할 수 있도록 했다.

셋째, 젊은 세대들의 감각과 해석을 반영하여 그의 문학에 새로운 생명력을 불어넣고자 했다. 하근찬의 작품세계가 펼쳐 보이고 있는 한국현대사의 진실한 풍경들도 젊은 세대들에 의해 읽히지 않으면 의미가 반감될 수밖에 없다. 하근찬 문학의 새로운 해석의 발판을 마련하기 위해, 젊은 연구자들의 충실하고 의미 있는 해설을 덧붙였다. 또한, 개작, 제목 바뀜, 재수록 등을 작품 연보에서 제시하여 실증적 가치를 높이기 위해서도 노력했다.

한 작가의 문학적 평가는 전집이 간행되었을 때 비로소 그 발판이 마련된다고 한다. 1957년에 등단, 집필기간만도 45년의 문업을 이루어온 장인적 작가에 대한 본격적 연구의 발판이 60여 년이 지난 이제야 비로소 마련되었다는 것은 안타까운 일이다. 하근찬의 문학세계에 대한 새로운 조명이 2021년 문학전집 간행과 함께 활기를 띨 수 있기를 기대한다.

2021.10.
『하근찬 문학전집』 간행위원회
송주현 · 오창은 · 이정숙 · 이중기 · 장수희

일러두기

1) 『하근찬 중단편전집』과 『하근찬 장편전집』은 하근찬의 소설세계를 일반 독자들에게
   널리 소개하고, 그 문학적 의미가 현대적으로 재해석되도록 하는 데 목적이 있다.

2) 이 책의 작품 수록 순서는 단행본으로 발표된 순서에 따랐으며, 출전을 작품의
   끝부분에 밝혀두었다.

3) 작가가 지문에서 사용한 방언과 비표준어는 작품을 훼손하지 않는 범위 내에서
   현대어로 바꾸었으며, 작가가 의도적으로 구분해서 사용한 '목덜미'와 '목줄기'는
   그대로 살렸다.

4) 작가 고유의 표현은 그대로 살렸다.
   예 : 오리막(오르막), 고깃전(어물전), 변솟간(변소), 동넷방(동네 방), 생각키는/
       생각히는(생각나는) 등.

5) 한 작품에서 같은 뜻의 단어를 표준어와 비표준어 또는 방언을 혼용해서 사용한 경우
   하나로 통일했다.
   예 : 뒤안/뒤란 → 뒤안, 복받치는/북받치는 → 복받치는, 무신/무슨 → 무슨,
       잘몬/잘못 → 잘못, 부스스/부스스 → 부스스, 돋우다/돋구다 → 돋우다 등.

6) 다음과 같은 표현은 어법에 맞게 수정했다.
   예 : 소중스리 → 소중하게, 뭐라고든지 → 뭐라든지, 칭칭하게 감은 → 칭칭 감은,
       그리고 나서 → 그러고 나서

7) 영어 표현의 경우 현행 '외래어표기법'에 따르는 것을 원칙으로 했다.

# 차례

# 프롤로그

사람의 기억이란 겹겹이 쌓아놓은 볏단 같은 것은 아닌 모양
이다. 바로 어제의 일이 아득한 옛일처럼 가물가물한가 하면,
수십 년 전의 아주 사소한 추억이 불현듯 생생하게 살아나는 경
우도 있는 걸 보면 말이다.

어느 정도의 추억이 쌓이면 그 추억의 순서나 길이는 별 의미
가 없는 것일까. 중요한 건 언제였느냐가 아니라, 어떻게였느냐
하는 것인지도 모르겠다.


가끔은 참으로 오랜만에 만나는 사람이 전혀 낯설지 않은 경
우가 있다. 그 사람이 마치 늘 보아왔던 사람처럼 여겨지는 때
가 있는 것이다. 피눈물을 쏟으며 헤어져야 했던 사람, 뼈에 사
무치는 원한으로 복수의 칼을 갈아온 사람의 경우가 그렇다. 제
아무리 세월이 흐른다 하더라도 그 사람의 이름은 쉽게 잊히지

않을 것이다.

하지만 가슴 깊숙이 그리움의 씨앗을 간직하고 있는 것도, 잠 못 이루며 증오의 날을 세우던 것도 아니라면 얘기는 다르다. 언제까지나 생생할 것만 같던 기억일지라도 어느새 세월의 수레바퀴에 깔려 하나, 둘 지워지게 마련인 것이다. 그러고 보면 기억의 공소시효라고 할 만한 것이 있는지도 모른다.

그래서, 삼십 년 만에 연락이 닿은 홍연이가 전혀 낯설게 느껴지지 않았다는 건 확실히 이상한 일이 아닐 수 없었다. 홍연이와 나 사이에 그토록 오랜 세월을 견디며 붙잡고 있어야 할 기이한 인연이 그물을 치고 있다고는 생각되지 않기 때문이다. 그저 오래전에 떠나온 교단에서 만났던, 수많은 학생들 중 한 명이 아니던가.

그러나 다시 생각해 보면, 그것도 아니었던 모양이다. 수십 년 전 제자의 목소리를, 그것도 전화 한 통화로 금방 기억해낸 것을 보면, 내 속에 나도 모르는 짙은 그리움의 감정이 스며들어 있었던 건 아닐까. 그리운 만큼 홍연이에게 익숙해 있었던 것이 아닐까.


"선생님, 옛날에 산리국민학교에서 교편을 잡으셨지요?"

내가 홍연이로부터 뜻밖의 전화를 받은 것은 여느 날과 다름없던 어느 날 오후였다. 전화기를 통해 전해져 오는 목소리가 조금은 떨리고 있는 것 같았다.

아마도 그 떨림 때문이었을 것이다. 다음 말이 이어지기도 전에 내 기억은 벌써 삼십 년의 공백을 훌쩍 뛰어넘어 그 시절로 돌아가고 있었다.

"홍연이라고 기억하세요?"

'홍연이?'

나는 잠시 가슴이 먹먹해졌다. 전화기를 들고 있는 손의 미세한 신경이 파르르 떨리는 것을 스스로도 느낄 수 있었다. 아득한 그 무엇이 한동안 머리를 혼란스럽게 했다.

"기억하고말고요."

한참 만에야 나는 간신히 마음을 진정시키고 대답을 했다.

그 시절을 떠올리며 홍연이라는 이름을 기억하지 못할 리가 없었다. 나는 첫마디를 통해 이미 그 전화의 주인공이 홍연이임을 직감하고 있었다.

"선생님…… 정말 오랜만이에요. 뭐라고 말을 하면 좋을지 모르겠네요."

"……."

"정말 꿈같아요. 선생님, 벌써 삼십 년이 됐어요."

홍연이는 삼십 년이 마치 어제라는 듯 별로 주저하는 기색도 없이 말을 했다.

"그렇지……. 삼십 년이 흘렀지."

"선생님, 기억하세요? 너희들 이십 년 후에 나를 만나면 인사를 하겠느냐, 삼십 년 후에 만나도 나를 알아보겠느냐, 이런 말씀을 하셨잖아요."

나는 홍연이의 말을 간신히 받아 넘기며 대답했다.

"그랬던가……."

"선생님…… 꼭 삼십 년이 됐어요."

갓 스물을 넘겼던 해에 나는 어느 산골 국민학교에서 아이들을 가르치고 있었다. 지금과 비교하면 훨씬 힘들고 어려웠던 시절, 그래서 코흘리개 악동과 말만 한 처녀가 한 교실에서 뛰놀며 공부를 하던 시절이었다.

내가 홍연이를 만난 것은 그때였다. 사범학교를 나와 처음으로 교단에 선 햇병아리 교사와 열일곱 살의 늦깎이 국민학생으로.

둘 사이에 공통점이 있었다면, 그때 막 사랑에 눈을 뜨기 시작한 점일 것이다. 스물한 살의 나나 열일곱 살의 홍연이에게 어쩌면 그것은 너무도 당연한 일이었다.

그때는 애써 부인을 하려고도 했지만, 홍연이는 분명 내게 애모의 정을 품고 있었다. 그것이 아무리 어설퍼 보였다 하더라도, 그녀가 나를 이성으로 바라보며 지녔던 그 감정까지도 부인할 수는 없는 일이다. 순박한 산골 처녀의 사랑을 어찌 세련되고 우아한 도회적 사랑에 비교하여 판단을 내릴 수 있을까.

하지만 첫사랑이란 모두 그런 것인가. 우리의 사랑은 서로 다른 곳을 바라보는 어긋난 것이었다. 홍연이가 교단에 선 나를 보며 연정을 키워오던 그때, 나의 가슴속에는 홍연이가 아닌 다른 여자가 자리 잡고 있었다. 돌이켜보면, 가슴속에 가득 차오르던 연모의 정을 털어놓지 못하고 서글픈 속앓이만 했다는 점에서도 우리는 닮아 있었다.


홍연이로부터 다시 전화가 걸려온 것은 처음 전화가 오고 나서 사흘 뒤의 일이었다. 첫 전화를 어떻게 끊었던가, 분명한 기억이 나지 않아 잠시 머리가 혼란스러웠다.

내 상태는 별로 아랑곳 않고 홍연이는 짤막히 내가 사는 곳의 위치를 묻고, 곧 찾아오겠다는 말을 했다.

홍연이를 기다리는 며칠 동안, 나는 안절부절하며 거실을 서성거려야 했다. 삼십 년 만에 다시 홍연이를 만난다고 생각하니 마음을 진정시킬 수 없었다.

그리고 마침내 홍연이가 찾아왔다.

초인종이 울려 문을 열었을 때, 홍연이란 걸 미리 알고 있었으니 망정이지 그렇지 않았다면 나는 누군지 짐작도 하지 못할 뻔했다. 그냥 길거리에서 스쳐 지나갔더라면 전혀 낯모르는 부인으로 여겼을 것이다.

그만큼 홍연이는 변해 있었다. 벌써 삼십 년 전 국민학교 시절에 보고 처음이니 그렇지 않겠는가. 단발머리의 소녀가 어느덧 쉰을 바라보는 중년부인이 되어 있었으니 말이다.

"선생님, 절 받으세요."

홍연이는 다소곳한 반절로 삼십 년 만에 만난 옛 스승에 대한 예의를 갖추었다.

"선생님, 별로 늙지 않으셨네요. 대뜸 알아보겠네요."

"늙지 않다니, 벌써 쉰인데……."

홍연이는 전화 통화를 할 때는 얘기를 잘 하더니, 막상 집으로 찾아와서는 별 말이 없었다. 그저 입가에 수줍은 미소를 띤 채 잔잔한 눈으로 나를 바라보기만 했다.

나 또한 꼬치꼬치 묻고 대답하고 할 말이 많지 않았다. 그 오랜 시간들을 일일이 짚어가며 말을 늘어놓는다는 게 그다지 의미가 있을 것 같지도 않았다. 그저 속으로 지나간 세월을 더듬으며 아련한 눈으로 홍연이를 마주 보았다.

그러다 보니 홍연이의 모습에서 옛날 단발머리 때의 얼굴이 그대로 떠올라 아릿한 미소를 짓기도 했다.

"선생님, 이 사진 가지고 계세요?"

홍연이가 핸드백을 열고 한 장의 사진을 꺼냈다.

약간 누렇게 변색이 된 옛날 사진이었다. 스무 명 남짓한 여학생들과 내가 자운영 꽃밭에 앉아 찍은 사진인데, 내 바로 옆에 홍연이가 앉아 있었다.

"흠, 이 사진 찍은 기억이 나는데…….."

"그럼, 선생님은 안 가지고 계시군요. 저는 옛날 생각이 나면 그 사진을 꺼내 보곤 했어요."

홍연이는 물결이 이는 눈매로 나를 힐끗 바라보고는 다시 살며시 고개를 숙였다.

"참 소중한 사진이다. 오래오래 보관해라."

내가 한참 만에 사진을 내밀자 홍연이가 왼손으로 그것을 받아 핸드백 속에 넣으려 했다.

"가만있어. 저…… 그 사진 내가 복사를 했으면 싶은데…….."

막 핸드백 속으로 들어가려던 홍연이의 손이 멈칫했다.

그러나 내가 굳이 그 순간에 홍연이를 제지한 것은 다른 이유에서였다. 홍연이가 사진을 받아 드는 순간, 홍연이의 왼쪽 새끼손가락이 불화살처럼 눈에 와 박히는 것이었다. 새끼손가락 끝이 마치 무슨 쇠망치 같은 것으로 내리쳐 짓뭉개버린 것처럼 되어 있었다.

　선생님, 그립고 그리운 선생님, 선생님…… 저 지금 울고
있어요.

　오래전, 흐릿한 촛불 아래 검붉게 빛나던 그녀의 혈서가 눈앞
에 선명히 떠올랐다.
　어쩌면 저 손가락으로 그 혈서를 썼던 게 아닐까. 그래서 손가
락이 저렇게 처참하게 짓뭉개져 있는 것이 아닐까.
　그러나 나는 차마 손가락이 그렇게 된 연유에 대해 물어볼 수
가 없었다. 그저 혼자 고개를 몇 번 끄덕이고는 되돌려 받은 사
진을 소중히 한쪽 장 서랍에 넣었다.
　삼십 년 동안이나 간직해 오며 그 시절이 그리울 때마다 들여
다보았다는 그 사진을…….

1

가래 끓는 소리를 토해내며 제자리걸음을 하고 있던 트럭이 다시 왕왕거리며 용을 쓰기 시작했다. 터진 우물처럼, 트럭 어깨의 연통에서 시커먼 연기가 치솟았다.

"선생님, 찬찬히 살펴가며 안녕히 가세요."

아직은 초봄이라 여전히 쌀쌀한 날씨인데도 얇은 셔츠 하나만을 걸친 운전사는 손을 번쩍 들어 인사를 했다.

양손에 가방을 들어 몸을 제대로 움직일 수 없어, 나는 살짝 고개만 숙여 답례를 했다.

기차역에서 한 시간 넘게 기다려 간신히 얻어 탄 트럭이었다. 버스는 하루에 두어 번, 그것도 언제 올지 정해진 시각도 없는 산골 마을로 나를 데려다준 사람에 대한 인사로는 참으로 뜨뜻미지근한 인사였다.

열서너 살쯤 되었을까, 운전사 옆의 조수석에 앉은 소년이 윗

몸을 길게 내밀고는 그을린 웃음을 헤헤거리며 빼물었다. 차를 얻어 탈 때부터 무어 그리 알고 싶고 하고 싶은 말이 많은지 쉴 새 없이 지껄여대던 아이였다. 딱히 물어보진 않았지만, 아마도 국민학교(지금은 다 초등학교로 바뀌었지만 당시는 국민학교라고 불리던 시절이다.)를 갓 졸업하고 트럭 조수로 나선 아이인 모양이었다.

시골에서 중학교로 진학하는 아이들은 열에 한둘 정도에 불과하던 시절이었다. 대부분의 아이들은 학교를 졸업하자마자 돈벌이에 나서야 했다. 그렇지만 보통 아이들은 그저 집에서 농사 허드렛일이나 돕기 일쑤였고, 간혹 도시로 무작정 나오는 아이들도 있기는 했다. 부모 입장에서든 아이 편에서 보든 시외버스나 트럭 조수는 최고의 일자리였다.

트럭 운전사 옆에는 반드시 조수가 타야 했는데, 비포장도로가 많아 언제 사고가 날지 몰랐기 때문이었다. 또 브레이크 고장이나 타이어 펑크도 잦아 조수는 꼭 있어야 했다. 조수가 된 아이들은 그렇게 몇 년을 따라다니며 궂은일을 해야 했고, 그러는 가운데 운전 기술도 배우고 정비 기술도 익혀갔다.

여자 아이들은 정든 고향을 떠나 공장에 취직하는 경우가 많았고, 그렇지 않으면 버스 차장이나 식모살이를 했다.

크르릉, 소리를 내며 트럭이 다시 육중한 몸을 움직이기 시작했다. 우락부락하니 생긴 운전사의 손짓이 땅바닥의 흙을 휘저어놓기라도 한 듯 부연 먼지가 날아올랐다.

길게 꼬리를 매단 트럭이 산모퉁이를 돌아 사라지자 신작로 위에는 매캐한 연기만이 남아 다시금 앉을 곳을 찾고 있었다. 간간이 부는 바람이 길 위의 먼지들을 조금씩 흩트려놓고 있었다.

바람이 들쑤신 먼지들이 걷히며 봄날 산골 마을의 정겨운 풍경이 서서히 모습을 드러냈다.

봄의 시작을 알리는 색은 노란색이었다. 산에서는 생강나무가 노란 꽃을 피워 봄 산을 독차지했다. 들이나 길가 구릉지의 양지녘엔 양지꽃이 노란 모습을 드러냈고, 시냇가엔 동의나물이 노랗고 예쁜 꽃망울을 터뜨렸다.

마을을 가로질러 흐르는 냇가에는 갯버들이 형형색색의 꽃술을 터뜨리고 있었다. 겨우내 모아두었던 빨래를 하는 것이리라. 아낙네들의 앞치마가 개울가를 온통 하얗게 수놓고 있었다. 탁, 탁, 탁, 탁, 경쾌한 리듬에 실린 빨랫방망이 소리가 아이들의 합창처럼 크고 둥글게 들판으로 퍼져나갔다. 멀리 논둑길에서는 방울 소리를 내며 주인을 따라가는 소가 음메음메 울며 마을 쪽을 돌아보기도 했다.

그러나 봄은 또한 한 해 농사를 시작하는 때이기도 했다. 찬바람을 이겨낸 보리가 들녘 가득 푸르렀고, 그 보리밭에서는 보리밟기가 한창이었다. 들판 곳곳에 온 식구들이 한 줄로 늘어서서 마치 펭귄처럼 아장아장 걸어가며 발에다 힘을 주고 있었다. 사람들이 걸어간 땅에는 신발 자국이 빽빽이 찍혔다. 시멘트로 만든 큼지막한 롤러를 굴리는 사람들도 보였다.

이제 들판 위로 아지랑이가 모락모락 피어오르고 종달새가 하늘 높이 날아오르면 본격적인 농사일이 시작되리라.

그렇게, 봄은 훌훌 일어서고 있었다.

나는 훅, 봄기운을 들이마시며 마을을 향해 성큼 한 발을 내디

덮다.

그곳에, 스물한 살의 나를 기다리는 학교가 있었다.


내가 산리국민학교에 발령을 받고 부임을 한 것은 사범학교를 졸업한 직후였다.

산리국민학교는 기차에서 내려 팔 킬로미터가량 걸어 들어가야 하는 산골에 있었다. 지나는 차도 많지 않고, 버스도 하루에 한 차례밖에 다니지 않는 아주 외진 산골이었다.

학교 뒤에는 영소산이라는 봉우리가 솟아 있었고, 산줄기가 북에서 남으로 뻗어 내리고 있었다. 교실에서도 뻐꾸기 우는 소리가 곧잘 들리는 그런 곳이었다.

산골 학교답게 넓은 운동장을 가진 이 학교는 담장이 따로 없었다. 그저 탱자나무며 측백나무, 회양목으로 길게 울타리가 쳐져 있을 뿐이었다. 울타리 곳곳에는 개나리가 심어져 있어 꽃구름을 만들고 있었다. 개나리의 휘늘어진 가지마다에 핀 노란 꽃들이 울타리를 따라 꽃물결을 이루고 있었다.

교정 한쪽에는 아름드리 수양버들이 우뚝 버티고 서서 운동장을 내려다보고 있었다. 또한 칡덩굴처럼 얼기설기 똬리를 틀며 자라난 등나무가 운동장가에 커다란 그늘을 만들어주고 있었다.

넓은 운동장에 비해 교실 건물은 작고 초라했다. 나지막한 단층 목조 건물 두 채가 나란히 놓여 있을 뿐이었다. 담쟁이덩굴이 얼기설기 뻗어 있긴 했지만, 낡은 목조 건물은 어쩔 수 없이 흉한 몰골을 드러내놓고 있었다. 나무판자들로 만들어진 벽이 오랫동안 부식되지 않도록 시커먼 콜타르를 발라놓았는데, 그것이 군데군데 벗겨져 있었기 때문이었다.

아이들이 쓰는 책상과 의자도 낡아빠진 것들이었다. 그러다 보니 수업 시간에도 아이들이 움직일 때마다 삐걱거리는 소리가 났다.

학생 수도 많지 않아 십일 학급이 전부였다. 5학년까지는 두 학급씩이고, 6학년은 한 학급이었다. 비록 산골이기는 하지만 면소재지였기 때문에 그리 작은 학교라고는 할 수 없었다.

아이들이 사는 마을은 산과 들이 가로막고 있어 넓은 지역에 흩어져 있었다. 그래서 학교가 가까운 면소재지에서 오는 아이들이 있는가 하면, 이십 리가 넘는 길을 걸어 다녀야 하는 두메산골에 사는 아이들도 있었다.

나는 부임하자마자 5학년 아이들을 담임하게 되었는데, 여자아이들의 수가 더 많은 남녀 혼성 반이었다. 5학년의 다른 한 반은 전부가 남자 아이들이었다.

몇몇을 제외하고는 남자 아이, 여자 아이 할 것 없이 모두가 고만고만한 행색이었다. 여자 아이들은 대부분 흰 무명을 검게 물들여 염색한 치마저고리를 입고 있었고, 남자 아이들은 닳아빠진 검정 교복 아니면 낡은 군복을 역시 검게 염색해 입고 있었다. 혁대가 없는 아이들은 천으로 된 끈으로 허리를 질끈 동여매고 있었는데, 팬티를 입지 않은 아이들도 더러 있는 듯했다.

아이들의 신발은 거의가 검정고무신이었다. 고무신을 아끼느라고 맨발로 다니는 아이들도 많았는데, 그런 아이들의 발바닥에는 두꺼운 군살이 잔뜩 배겨 있었다.

아이들은 모두 고무신에 자기 것이라는 표시를 해두고 있었다. 똑같은 검정고무신이니 당연히 표시를 해야만 자기 것을 찾을 수 있었다. 굵은 대못 머리를 달구어 동그라미 표시를 찍은 고무신도 있었고, 칼로 엑스 표시를 하거나 코 부분 또는 바닥에 이름 끝 자를 새긴 것들도 있었다.

고무신은 이따금 아이들이 벌이나 잠자리를 잡는 도구로 쓰이기도 했다. 더러는 아이들끼리 두들겨 패고 싸울 때 무기로도 쓰였다.

같은 반이라도 서로 간에 나이 차이가 많이 났다. 늦게 국민학생이 된 아이들이 많았던 것이다. 형제가 한 반인 아이들도 있었고, 너덧 살 차이 나는 누나와 동생이 같은 교실에서 공부를 하기도 했다.

그래서 국민학교 5학년생인데도 벌써 열대여섯 살 된 아이들이 적지 않았다. 홍연이도 그런 여자 아이들 중의 하나였다.

처음으로 교단에 서게 된 나는 열과 성을 다하여 아이들을 가르쳤다. 수업 준비를 하느라 늦도록 잠을 자지 않는 때가 많았고, 그러다 보니 세숫대야에 코피를 뚝뚝 떨어뜨린 일도 한두 번이 아니었다.

그러나 산골마을 아이들은 공부할 수 있는 형편이 아니었다.

학교에 있는 시간을 제외하고는 온종일 일을 해야 하는 아이들이 많았다. 새벽부터 논에 나가 일을 해야 했고, 학교에 갔다 와서는 고추밭의 풀을 뽑거나 호박 모종에 물을 주어야 했다. 고구마줄기를 옮겨 심었고, 밀을 맸으며, 장작을 마련하는 것도 아이들 몫이었다. 소꼴을 베러 들판으로 나가야 했고, 쇠죽을

끓이기도 했다.

그처럼 일에 치인 아이들은 아침부터 책상 앞에서 꾸벅꾸벅 졸기 일쑤였다. 개중에는 아예 책상에 엎드려 드르렁드르렁 코를 고는 아이들도 있었다. 그런 아이들이니 학교에서 내준 숙제라 해서 제대로 해 올 리가 없었다.

“너 숙제 왜 안 했어?”

“숙제할 시간이 어디 있어요? 하루 종일 일했어요.”

“밤에라도 했어야지.”

“밤엔 자야지요, 피곤한데.”

이런 식이니 그저 멀거니 아이를 내려다볼 수밖에 없고, 그러노라면 아이들이 그만 웃음을 터뜨리고 마는 것이었다.

수업 시간에 자다 들켜 혼이 난 아이조차 십 분도 지나지 않아 다시 코를 골며 잠에 빠져드는 것이니, 아이들 사정을 생각하면 나무랄 수만도 없는 일이었다.

그래서 농사일이 바쁜 봄가을에는 어김없이 가정실습이 있었다. 농사철이 되면 일손이 귀했기 때문에 아예 학교 수업을 받지 않고 집에서 부모님을 도와 일을 하라는 취지였다. 보통 삼일씩 주어지는 그 가정실습 시간이 되면 아이들은 모를 심거나 추수를 도왔다.

학교에서도 공부만 하는 것은 아니었다.

‘사역’이라 하여 학교에서는 아이들에게 자주 일을 시켰다. 실과 수업이 있는 날은 아예 삽이나 괭이, 소쿠리를 들고 등교할 정도였다.

운동장 옆으로 울타리를 만들기 위해 어린 묘목을 심는 것도 아이들이 해야 했고, 멀리서 물을 길어다 주는 것도 아이들의 몫이었다. 신작로 가에 코스모스를 심기 위해 며칠씩 코스모스 이식 작업을 하기도 했고, 허물어진 교문을 다시 쌓기도 했다.

그러나 그 어떤 것도 이제 막 교단에 첫 발을 내디딘 젊은 교사의 패기를 꺾을 수는 없었다.

2

햇병아리 교사로서 내가 좀 남다른 점이 있었다면 그건 바로 아이들에게 꼬박꼬박 일기를 쓰게 하는 일이었다. 아마도 문학에 뜻을 두고 있던 나의 취향이 다분히 반영된 행동이었을 것이다.

나는 이미 학생 시절부터 틈틈이 시나 소설을 써오던 참이었고, 문학에 대한 그러한 열정은 교사가 되고 난 후에도 전혀 변하지 않고 있었다. 그러기는커녕 오히려 나는 교단에 서 있는 그 기간이 문학수업을 위한 절호의 기회라고 생각하고 있었다.

선생으로서 가질 수 있는 의무감 같은 것도 있었다. 국민학교를 졸업했지만 편지 한 장 제대로 쓰지 못하는 이들을 많이 보아온 터였다. 그럴 때마다 나는 제대로 된 글쓰기 교육의 필요성을 절실히 느끼곤 했다.

특히 내가 근무하던 곳과 같은 산골 학교의 아이들은 거의 대부분이 국민학교를 졸업하면서 배움을 마쳐야 하던 형편이었다. 그래서 국민학교 육 년 동안에 편지 한 장이라도 제대로 쓸 수 있는 그런 교육을 하지 않으면 안 되었다.

나는 우선 아이들에게 글을 쓰는 일이 몸에 배게 해야 한다고 생각했다. 매일매일 일기를 쓰도록 하는 것은 그를 위한 가장 좋은 방법이었다.

물론 선생님들 중에서 나만 아이들에게 일기를 쓰도록 하고 있던 것은 아니었다. 거의 모든 선생님들이 일기 지도를 하고 있었고, 학교 차원에서도 일기 쓰기를 적극 장려하고 있던 터였다. 그러나 다른 선생님들의 경우 아무래도 일기 지도는 교과 수업에 비해 부차적인 것에 불과했다. 그저 어쩌다 일기를 썼나 안 썼나 하는 정도의 검사를 하는 데 그쳤고, 그나마도 몇 번을 못 넘기고 흐지부지 그만둬 버리기 일쑤였다.

그렇지만 나는 내가 맡은 반의 아이들만이라도 착실히 일기를 쓰도록 하고 싶었다.

나는 우리 반 아이들 모두에게 일기장으로 쓸 공책 한 권을 따로 준비토록 했고, 하루도 빠뜨리지 말고 일기를 쓸 것을 요구했다. 또한 토요일이면 반드시 아이들의 일기장을 거두어 검사를 했다.

검사가 끝난 일기장은 월요일 수업시간에 다시 아이들에게 되돌려졌다. 당연히 일기를 써오지 않은 아이들에게는 벌칙이 가해졌다. 하루치 일기를 빼먹을 때마다 한 대씩 손바닥을 때렸고, 똑같은 내용의 일기가 날짜만 달리하여 쓰여 있는 경우에도 벌을 주었다.

검사도 그냥 건성으로 펼쳐보기만 하는 식이 아니었다. 한 명한 명의 일기를 꼼꼼히 다 읽으며 맞춤법이며 띄어쓰기 등을 고쳐주었고, 크게 어색한 문장은 일기를 쓴 아이의 의도를 벗어나지 않는 범위 내에서 다시 써주기도 했다. 또한 끝에다가는 반드시 간단한 검사 소감을 적어주었다. 일기 지도는 내가 담임을 맡고 있는 아이들과 정기적으로 의사소통을 하는 수단이기도 했던 것이다.

토요일 오후와 일요일을 나는 그렇게 아이들의 일기를 검사하며 보냈다. 그것은 딱히 할 일이 없는 휴일 시간을 때울 수 있는 아주 유쾌한 소일거리였다.

하숙방 안에서 이리저리 뒹굴며 손에 잡히는 대로 아이들의 일기를 읽노라면 일요일 하루가 어떻게 가는지도 몰랐다. 때론 혼자서 미친놈처럼 큰소리로 낄낄거리며 웃기도 했고, 때론 아이들의 일기에서 언뜻언뜻 내비치는 가난한 산골 사람들의 살림살이에 싸한 가슴을 쓸어안기도 했다.

아이들의 일기에서 딱히 읽을거리가 많이 있는 것은 아니었다. 처음에는, 5학년이 쓴 글이라고는 도저히 볼 수 없는 한심스런 글들이 대부분이었다. 학교에 갔다 와서 친구들과 놀았다, 아니면 동생과 싸우다 엄마에게 혼났다 하는 식의 글들이었다.

그러나 날이 가고 달이 바뀌면서 아이들의 일기는 눈에 띄게 달라져 갔다. 꼼꼼한 교정 지도가 효력을 발휘했는지 맞춤법이 틀린 단어의 수가 점점 줄어들기 시작했다. 또한 하루 중 일어난 일을 보다 자세히 적어보라는 내 요구사항을 받아들여 글의

분량도 늘어갔다. 그리하여 그해 봄이 다 지나갈 때쯤에는 제법 일기다운 행태를 갖춰갔고, 어떤 것은 읽을 맛이 나기도 했다.

내가 한 아이의 일기를 읽으며 고개를 갸웃하게 된 것은 일기 지도를 시작하고 얼마 되지 않아서였다. 무작위로 집어 든 한 아이의 일기장에서 다음과 같은 대목을 발견한 것이다.

나는 달밤이면 아무 까닭도 없이 울고 싶어진다. 오늘 밤도 나는 마루 끝에 앉아 밤이 이슥토록 달을 바라보다가 혼자 눈물을 흘렸다.

우선 내 눈에 뜨인 것은 비교적 반듯한 글씨체였다. 많은 아이들의 글씨가 아직도 비뚤비뚤한데다 크기도 제멋대로인 것에 비하면 그 아이의 글씨는 제법 단정하니 어른들의 글씨체를 닮아 있었다. 나는 그 아이가 반의 나이 든 학생들 중 한 명일 거라는 짐작을 했다.

그러나 무엇보다도 나의 호기심을 끈 것은 바로 그 일기의 내용이었다. 아이들 일기의 대부분이 단순히 그날그날 한 일을 기록한 것인 데 비하면 그건 분명히 특이한 경우라 할 수 있었다.

일기를 읽은 나는 흐흠, 싶었다. 퍽 감상적인 아이로구나 싶었고, 또 틀림없이 사춘기에 들어선 모양이로구나 싶었다.

밤하늘의 달을 보고 괜스레 슬퍼져서 눈물을 흘렸다면 보통 감상적인 것이 아니었다. 그건 감정이 극도로 예민한 사춘기 소녀에게나 나타나는 현상이었다.

나는 일기장 표지에 적힌 아이의 이름을 다시 보았다. 윤홍연이었다.

담임을 맡은 지 한 달이 다 되었지만 별로 머리에 들어와 있는 아이는 아니었다. 성적도 그저 중간쯤 되는 것 같았고, 별 두드러짐 없이 교실 뒤편에 있는 듯 없는 듯 앉아 있는 여학생이었다. 나이가 든 만큼 키도 훌쩍 커버린 반의 여러 늦깎이 학생들 중 한 명에 불과했다.

생김새도 그저 수수한 편이었는데, 굳이 특징을 잡아내자면 그 아이의 눈이었다. 얼굴 크기에 비해 눈이 작은 편이었고, 눈두덩이 조금 도도록하게 살이 찐 듯하여 어딘지 모르게 좀 고집이 있어 보였다.

아무튼, 별반 관심을 두지 않았던 평범한 아이의 일기에서 그런 구절을 읽는 기분이 묘했다. 사람은 역시 겉으로만 보아서는 알 수 없는 존재로구나 하는 생각이 새삼 드는 것이었다.

나는 흥미를 가지고 홍연이의 일기를 계속 읽어나갔다. 그런데 이틀쯤 뒤의 일기에서 나는 또다시 눈길을 끄는 대목을 발견했다. 이번에는 입가에 절로 미소가 지어졌다.

> 오늘 선생님이 들려주신 옛날이야기는 정말 재미있었다. 어쩌면 우리 선생님은 이야기도 그렇게 잘하시는지……. 우리 선생님은 못하시는 게 없다. 그림도 잘 그리시고, 풍금도 잘 타시고, 공부도 재미있게 잘 가르치시고, 정말 최고다. 내일도 또 옛날이야기를 해주시면 얼마나 좋을까.

후후, 나에 대해서 늘어놓은 찬사를 읽으니 낯이 간지러웠다. 은근히 기분이 좋기도 했다.

나는 그 무렵, 아이들에게 곧잘 옛날이야기를 해주었다. 옛날이야기뿐 아니라 세계 명작 동화며 탐정 이야기, 또 모험 이야기 같은 것을 살을 붙여가며 들려주기를 좋아했다. 나는 아이들에게 꿈을 심어준다는 생각으로 곧잘 이야기를 해주었던 것이다. 그래서 내가 교사 생활을 하면서 얻은 첫 번째 별명이 바로 '이야기 선생'이기도 했다.

"으음, 이 시간에는 좀 따분한데 이야기나 한 자리 해줄까?"

내가 이렇게 운을 떼면 아이들은 곧바로 교실이 떠나갈 듯한 함성으로 응답해 왔다.

"야—."

"와—."

아이들은 박수를 쳐대고, 있는 힘껏 책상을 두드리며 요란법석을 떨었다.

내가 담임하고 있는 반의 아이들만 그런 것이 아니었다. 어쩌다 내가 다른 학급의 수업을 대신 들어가는 날엔 아예 한 시간 내내 이야기만 하다 나오는 때가 태반이었다. 아이들도 내가 들어가는 날엔 아예 교과서를 펼칠 생각조차 하지 않았다.

"선생님, 이야기해주세요."

마치 작당이라도 한 듯 일제히 소리를 지르며 초롱초롱한 눈망울을 빛내는 것이었다.

일기장에서 그런 대목을 읽은 다음부터 나는 조금은 다른 눈으로 홍연이를 바라보게 되었다. 이전 같으면 예사롭게 보아 넘겠을 그 애의 행동 하나하나가 선명히 눈에 박히고 차곡차곡 가슴에 쌓이기 시작했다. 호기심이랄까 관심이랄까, 아무튼 시선이 그 애에게로 곧잘 향하는 것이었다.

홍연이는 수업시간에 손을 드는 일이 드물었다. 몰라서 그러는지 아니면 알아도 손을 안 드는 것인지, 좌우간 가만히 앉아서 나를 바라보고만 있는 때가 많았다.

그런 점에서 홍연이는 여전히 평범한 아이들 중 하나에 지나지 않았다. 하지만 수박은 겉모양만 보아서는 속을 잘 알 수가 없다고 했던가. 홍연이 같은 아이가 한밤중에 날을 쳐다보며 혼자 울었다는 것은 적이 놀라운 일이 아닐 수 없었다.

나는 홍연이에 대한 남다른 관심을 가슴속에 그냥 묻어두고 있지만은 않았다. 아이들에게 질문을 던지고는 그것이 홍연이가 대답을 할 수 있을 만한 것이면 서슴없이 지명을 하기도 했다. 그럴 때 홍연이는 한순간 당황하는 기색을 보이다가도 이내 표정을 지우고 가만히 일어나 해답을 말했다. 그리고는 수줍은 듯 얼른 앉으며 살짝 고개를 떨구었다.

그러나 나는 고개를 숙인 홍연이의 얼굴이 몹시 붉어지는 것을 놓치지 않고 바라보았다.

홍연이는 사춘기를 겪고 있는 여자 아이임에 틀림없었다. 그렇지 않다면, 선생님의 질문에 대답하고서 얼굴을 붉히며 수줍어 할 까닭이 없었다.

사실을 말하자면, 내 가슴속에서도 희미하게나마 연분홍빛 감정이 물결치고 있었다. 수수하게만 느껴지던 그 애의 얼굴이 별안간 야릇한 매력을 풍기는 것 같기도 했다. 그건, 복사

꽃 봉오리가 살짝 붉게 물들며 꽃잎을 벌리는 듯한 그런 매력
이었다.

꽃 봉오리가 살짝 붉게 물들며 꽃잎을 벌리는 듯한 그런 매력
이었다.

3

“차렷!”

아이들이 쿵쾅거리며 제자리를 찾아 앉자 반장인 남숙이가 벌떡 일어서며 구령을 불렀다.

“경례!”

“선생님, 안녕하세요!”

책상에 머리가 닿을 듯, 아이들이 꾸벅 고개를 숙이며 인사를 했다.

“그래…….”

말끝을 흐린 나는 짐짓 입을 굳게 다물고 슬픈 표정을 지어 보였다. 내가 교탁 위에 우두커니 서서 잠시 동안 아무런 말이 없자 아이들이 수런거리기 시작했다.

“음…… 두 가지 소식이 있다.”

나는 아이들을 찬찬히 둘러보며 말했다.

"하나는 기쁜 소식이고, 또 하나는 슬픈 소식이다."

웅성거리던 아이들이 잠잠해지며 귀를 쫑긋 세우고는 나를 빤히 바라보았다.

"먼저 슬픈 소식부터 얘기하면, 선생님이 이제 그만 너희들과 헤어져야 한다는 것이다."

아! 하는 탄성이 여학생들이 앉은 줄에서 터져 나왔다. 나는 재빠르게 홍연이의 얼굴 표정을 살폈다. 홍연이는 눈을 동그랗게 뜬 채 나를 빤히 쳐다보고 있었다.

"선생님은 이번에 다른 학교로 전근을 가게 됐다. 온 지 얼마 되지도 않았는데 이렇게 헤어지게 돼서 섭섭하고 또 미안하구나. 그동안 참으로 즐거웠다. 아무쪼록 다른 선생님 밑에서 말 잘 듣고 공부 열심히 하도록."

아이들이 다시 수군거리기 시작했다. 이번에는 남자 아이들도 합세하여 그 소리가 더욱 컸다. 나는 웅성이는 아이들을 이리저리 둘러보며 심각한 표정을 지어 보였다.

"선생님, 그럼 우리 반에는 어느 선생님이 오세요?"

소란이 잦아들자 남자 아이들 중 한 명이 상기된 표정으로 말했다.

"요놈아, 어째 넌 선생님과 헤어지는 게 무척이나 좋은 것 같다."

"그게 아니라 저……."

짓궂은 면박을 당한 아이는 말끝을 맺지 못하고 머리만 긁적였다.

"새로 너희들을 담임하게 될 선생님 한 분이 오신다. 그런데 그 선생님은 아주 예쁜 여선생님이시다."

갑자기 와! 하는 함성이 터졌다. 뒷줄에 앉은 남자 아이들이 발을 구르고 책상을 두드리며 괴성을 지르기 시작했다. 괴성은 파도처럼 앞줄에 앉은 아이들로 옮아왔다. 여학생들이 앉은 줄에서는 나지막한 한숨과 들뜬 속삭임이 퍼져 나왔다.

"선생님, 정말이에요? 정말 여자 선생님이 저희들 담임을 맡게 되는 거예요?"

남자 아이 한 명이 한껏 목청을 높여 말했다.

"정말이에요, 선생님?"

다시 다른 남자 아이 한 명이 몹시 궁금한 표정을 지으며 물었다.

나는 아이들의 얼굴을 찬찬히 둘러보았다.

"왜? 여자 선생님이 담임을 맡는 게 좋으냐?"

내가 얼굴에 살짝 짓궂은 표정을 지으며 말했다.

"네!"

거의 모든 남자 아이들이 한 목소리가 되어 크게 대답했다.

"너희들은 어때? 너희들은 별로 안 좋은가 보다."

나는 여학생들이 앉은 쪽을 돌아보며 물었다. 여학생들은 아직도 내 말을 못 믿겠다는 듯 얼굴 가득 의아한 표정을 지으며 그저 나를 바라보고만 있었다. 내가 앞줄부터 하나하나 표정을 살피기 시작하자 여자 아이들은 하나 둘 슬그머니 책상 위로 고개를 떨구었다.

그런데 유독 홍연이만은 나와 시선이 마주쳤는데도 시선을 돌리지 않았다. 홍연이는 오히려 머리를 빳빳이 든 채 뚫어져라 나를 쳐다보는 것이었다.

나는 한순간 몹시 당황했다. 홍연이의 눈에서 뭐라 말할 수는 없지만 분노와도 같은 기색을 읽었던 것이다.

나는 얼른 시선을 옮겨 홍연이 옆에 앉은 아이의 머리통을 바라보았다.

"선생님, 정말 다른 학교로 가시는 거예요?"

홍연이 바로 뒤에 앉은 남숙이가 나와 시선이 마주치자 정색을 하며 물었다.

남숙이의 말을 신호로 고개를 숙이고 있던 여자 아이들이 일제히 머리를 들어 나를 바라보았다. 아이들은 말은 안 했지만 모두 남숙이와 똑같은 질문을 하고 있는 듯이 보였다.

"아니."

나는 짤막하게 대답했다. 그리고는 다시 한 번 아이들을 휘둘러보았다. 아이들은 모두 혼란스러운 표정으로 눈만 말똥말똥 굴리고 있었다.

나는 끝내 참지 못하고 피식 웃음을 흘리고 말았다. 남숙이를 비롯한 아이들 모두의 표정이 예상 외로 굳어 있는 것을 본 나는 그만 이 장난을 끝내야겠다는 생각이 들었다.

아이들이 모두 멍한 얼굴로 나를 쳐다보았다.

"으아, 속았다!"

얼떨떨한 표정으로 나와 여학생들의 표정을 지켜보고 있던 남자 아이들 중 한 명이 양손을 들어 책상을 내리치며 소리를 질렀다.

"만우절이야!"

다른 남자 아이 한 명이 다시 길게 목을 빼며 외쳤다.

"으아!"

남자 아이들이 먼저 비명을 질렀고, 이어 여자 아이들도 꺅, 소리를 질렀다.

나는 힐끗 홍연이의 얼굴 표정을 살폈다. 여자 아이들이 모두 소리를 지르며 웃음을 터뜨리는데도 홍연이는 여전히 나를 빤히 쳐다보고만 있었다.

4

내가 숙식을 해결하던 하숙집은 학교 울타리와 골목 하나를 사이에 두고 있었다. 집이 먼 선생님들은 도시락을 싸 오든가 근처 식당에서 밥을 사 먹어야 했지만, 나는 그럴 필요가 없었다. 그래서 나는 특별한 일이 없는 한 점심시간이면 하숙집으로 돌아가 밥을 먹었다.

점심을 먹고 운동장을 가로질러 교무실로 돌아오는 길에는 늘상 정신없이 뛰어놀고 있는 아이들과 부딪혀야 했다. 아이들은 언제 어디서 먹었는지도 모르게 게 눈 감추듯 도시락을 해치우고는 쏜살같이 운동장으로 달려 나왔다.

하지만 점심시간이 아이들 모두에게 즐겁기만 한 것은 아니었다. 도시락을 싸 오지 못한 아이들은 친구들 몰래 슬그머니 자리를 비우기도 했다. 더러 배짱 좋은 아이들은 숟가락만 달랑 들고 와 다른 아이의 도시락을 뺏어 먹기도 했지만, 대부분은

굶을 수밖에 없었다.

5교시까지 있던 어느 날, 반 아이 하나는 점심시간이 되자마자 학교를 빠져 나와 교문 밖 가게로 갔다. 거기서 건빵 한 봉지를 사 들고는 학교 뒷산에 올라가 건빵으로 점심을 대신했다. 행여 다른 아이들이 볼까 봐 숨어서 먹었던 것이다.

5교시가 시작될 무렵 아이가 교실에 들어섰더니 모두들 하교하고 청소 당번만 남아 있었다. 그날은 수업시간이 변경되어 갑작스레 5교시가 없어졌지만 혼자 뒷산에 올라가 있던 그 아이는 알 턱이 없었다. 아이는 별수 없이 책보를 둘러메고 신작로의 애꿎은 돌멩이를 발로 차면서 집으로 혼자서 털레털레 걸어가야만 했다. 그런 시절이었다.

도시락을 싸 온 아이들이라고 해서 크게 나은 것도 아니었다. 그저 보리밥이나마 매일 싸 올 수 있다는 게 다행인 형편이었다.

반찬이라야 기껏 김치 아니면 검은 콩자반이 전부였다.

"오늘도 염소 똥 싸 왔냐?"

"너네 엄마는 맨날 염소 똥밖에 모르냐?"

콩자반을 보고 누가 놀리기라도 하는 날에는 아이들끼리 한바탕 씩씩거리며 싸움이 붙기도 했다.

그날도 나는 점심을 먹고 하숙집을 나와 느릿느릿 정문을 향해 걸어가고 있었다. 여름으로 접어들던 때라 한낮의 햇볕이 꽤나 뜨거웠다.

아이들은 어김없이 교문 밖에까지 뛰쳐나와 짧은 점심시간을 한껏 즐기고 있었다. 운동장을 둘러싸고 있는 측백나무 뒤 조그만 실개천에서는 물을 끼얹으며 뛰어노는 아이들의 높고 투명한 소리가 햇빛에 부서지고 있었다. 더러는 도랑으로 풍덩 뛰어들어 물고기를 잡느라 법석을 떨기도 했다.

금강산 찾아가자 일만이천 봉
볼수록 아름답고 신기하구나
철따라 고운 옷 갈아입는 산
이름도 아름다워 금강이라네
금강이라네

운동장에서는 여자 아이들이 고무줄놀이를 하며 놀고 있었다. 한 아이가 고무줄을 발에 걸며 폴짝폴짝 잘도 넘고 있었다. 양쪽에 서서 고무줄을 잡은 아이들은 한 목소리가 되어 노래를 불렀다. 처음엔 발목에 걸려 있던 고무줄이 차츰차츰 무릎, 가슴, 머리로까지 올라갔다. 고무줄이 올라가면서 양쪽에 선 아이들이 부르는 노래도 점점 빨라졌다.

나는 혹시나 싶어 고무줄놀이를 하는 여자 아이들 주변을 살폈다. 다행히 고무줄을 넘보는 사내 녀석은 보이지 않았다. 가끔은 불쑥 심술궂은 악당이 나타나 면도칼로 고무줄을 싹둑 끊어버리고 줄행랑을 쳐 여자 아이들을 울리기도 했다.

꼬마야 꼬마야 뒤를 돌아라
꼬마야 꼬마야 코를 잡아라
꼬마야 꼬마야 땅을 짚어라
꼬마야 꼬마야 만세를 불러라

다른 한쪽에서는 아이들이 줄넘기놀이를 하고 있었다. 새끼줄을 마주 잡고 커다랗게 원을 돌리는 두 아이의 노래는 쉬이 끝날 줄을 몰랐다. 너덧 명의 아이들이 그 새끼줄을 피해 홀짝홀짝 뛰어넘고 있었다. 아이들은 노래가 '꼬마야 꼬마야 잘 가거라'에 이를 때까지 노래에 맞춰 줄에 걸리지 않도록 일사불란하게 뛰어넘어야 했다.

자치기는 남자 아이들이 가장 많이 하는 놀이 중의 하나였다. 땅을 움푹 판 곳에 새끼 막대기를 걸쳐놓고 큰 막대기로 툭 건드려 튀어 오르면 잽싸게 쳐서 멀리 보내는 시합이었다. 이때 상대편이 새끼 막대기를 받으면 아웃이었다.

줄자가 있을 리 없는 아이들에게 새끼 막대기가 날아간 거리를 재는 것은 큰 일이었다. 아이들은 하나, 둘, 셋, 넷…… 낑낑거리며 큰 막대기를 옮겨 거리를 재곤 했다. 동네에서라면 새끼 막대기가 이웃집 담을 넘기도 하고 지붕으로 날아가기도 해 거리를 계산하느라 상대편 아이와 옥신각신 다투는 것도 흔히 볼 수 있는 일이었다.

비석차기*('비석치기'라고도 하며 규범 표기는 '비사치기')도 아이들이 즐겨 하던 놀이였다. 비석차기는 돌을 발로 차거나 던져서 멀리 있는 돌을 넘어뜨리는 놀이였다. 비석차기에는 여러 가지 방법이 있었는데, 제일 어려운 것은 가슴에 돌을 얹어 목을 뒤로 젖히고 목표지점까지 가서 가슴의 돌을 떨어뜨려 비석을 맞추는 것이었다. 가슴에 얹힌 돌을 안 떨어뜨리려면 뒤뚱뒤뚱 걸을 수밖에 없었는데, 그 모습이 우습기 짝이 없었다.

맛있는 점심에다 화창한 날씨까지 장단을 맞춰준 탓일까. 나는 공연히 들떠 있었다. 교무실을 향해 긴 복도를 걸어가는 내 입술에서는 절로 휘파람이라도 나올 듯했다.

4학년 1반 교실을 지날 때쯤, 우리 교실 창밖으로 여학생의 팔꿈치 하나가 불쑥 나와 있는 것이 눈에 띄었다. 맨살의 팔이 창틀에 얹혀 있었던 것이다.

누구의 팔인지는 알 수가 없었다. 창호를 발라놓은 교실 창문을 통해서는 아무것도 볼 수가 없었다. 더운 날이라 창문은 열려 있었지만, 창호지에 가려 그 여학생의 모습은 보이지가 않았다.

나는 슬그머니 장난기가 동했다. 공연히 기분이 좋은 터이라 조금 까불고 싶기도 했다.

아이들 대부분이 운동장에 나가 있는지 복도에는 나 말고 지나는 사람이 없었다. 운동장에서 건너온 아이들의 노랫소리, 고함 소리만이 꿈결처럼 희미하게 들려올 뿐이었다.

나는 살금살금 발소리를 죽여 가며 맨살의 팔이 나와 있는 창가로 다가갔다. 창호지를 바른 창문은 교실 안의 시선으로부터 나를 가려주는 훌륭한 보호막이기도 했다.

나는 누군지 모를 여학생의 팔을 살짝 꼬집었다. 그리고는 얼른 창문에 바짝 붙어 섰다.

"어마야!"

짧은 비명에 이어 깜짝 놀란 눈을 한 여학생의 얼굴이 창밖으로 튀어 나왔다.

여학생과 눈을 마주친 나는 그만 빙긋 웃고 말았다. 눈을 동그랗게 뜨고 나를 바라보는 여학생은 다름 아닌 홍연이었다.

홍연이는 자기 팔을 꼬집은 범인이 나인 것을 확인하자 한순간 더욱 놀란 표정을 지어 보였다. 그리고는 이내 홍당무처럼 온통 얼굴을 붉히며 히힉, 수줍은 웃음을 빼물었다. 뜻밖의 일에 당황하면서도 무척이나 좋은 모양이었다.

나 또한 그게 홍연이의 팔인 줄은 전혀 예상조차 못 했기에 뒷덜미가 화끈거리는 느낌이었다. 일부러 그 애의 팔을 꼬집은 것 같아 무안하기 그지없었다.

"밥 많이 먹었니?"

나는 짐짓 아무렇지도 않은 척 씨익, 웃음을 물며 말했다. 홍연이는 그저 말간 눈으로 나를 쳐다보며 배시시 웃고만 있었다.

"좀 이따 보자."

나는 다시 한 번 싱긋, 웃어 보이고는 교무실을 향해 뚜벅뚜벅 걸음을 옮겼다. 홍연이의 눈길이 와닿는 느낌에 또다시 뒤통수가 화끈거렸지만, 나는 어깨를 활짝 편 채 성큼성큼 크게 발걸음을 내디뎠다.

그런 일이 있은 뒤부터 나를 바라보는 홍연이의 눈길이 어쩐지 전과는 달라진 듯했다. 수업시간이면 이전보다도 더욱 수줍음을 많이 탔고, 나와 시선이 마주칠 때면 앞자리에 앉은 아이의 등 뒤로 곧잘 얼굴을 숨기곤 했다.

그 주의 일기를 검사하는 날, 나는 마침내 하하, 이것 봐라 하고 절로 얼굴이 붉어지는 것을 어쩌지 못했다.

오늘 선생님이 내 팔을 살짝 꼬집었다. 나는 너무나 뜻밖의 일에 얼굴이 홍당무처럼 붉어졌고, 부끄러워서 어쩔 줄을 몰랐다. 학교에서 집에 돌아오면서도 나는 기분이 이상하고 또 이상했다. 선생님이 왜 내 팔을 꼬집었을까. 그게 무슨 뜻일까. 나는 지금도 그 생각을 하며 잠을 이루지 못하고 있다.

나는 아차, 싶었다. 누구 팔인지도 모른 채 그저 장난으로 살짝 한 번 꼬집었던 것이데, 그게 무슨 뜻일끼 하고 잠을 이루지 못했다니……. 실수라면 큰 실수가 아닐 수 없었다. 혹시 홍연이가 그 일로 해서 내 마음을 엉뚱한 방향으로 짐작한다면 큰 낭패다 싶은 생각이 드는 것이었다.

그러나 기분이 그리 언짢은 것만도 아니었다. 한편으로는 묘한 재미마저도 느껴지는 것이었다.

그런데 그다음 날의 일기는 숫제 나를 향한 질문으로 일관하고 있었다. 일기라기보다는 나에게 보내는 편지인 셈이었다.

선생님, 어제 왜 제 팔을 살짝 꼬집었습니까? 오늘도 저는 어제 그 일을 잊을 수가 없습니다. 학교에서 공부를 할 때도, 집에 돌아올 때도 저는 그 생각을 했습니다. 선생님, 그 뜻이 무엇인지요? 왜 제 팔을 꼬집으셨는지 말씀해 주세요. 아무리 생각해도 그 뜻을 확실히 알 수가 없습니다.

아무리 생각해도 그 뜻을 알 수가 없다고 적혀 있었지만 그건 내 마음을 확인해 보기 위한 수작일 터였다. 실상은 혼자 야릇한 방향으로 짐작을 하고서 얼굴을 붉히며 그 일기를 쓴 게 틀림없었다.

나는 잠시 고민에 빠지지 않을 수 없었다. 그 편지 형식의 질문에 대해서는 언급을 회피하고, 그저 여느 때와 마찬가지로 일기 지도의 입장에서 간단한 평만 해주어야 하나, 아니면, 그 질문에 대한 회답을 몇 자 적어 주어야 하나.

나는 생각 끝에 회답을 적어 주기로 했다. 그냥 회피해 버리는 것은 그 애의 야릇한 짐작을 말없이 수긍하는 결과를 낳을지도 모를 일이었다. 또한 그것은 교육적으로도 결코 옳지 않다는 생각이 들었다.

그런데 도대체 뭐라고 대답을 해주어야 하나. 네가 귀여워서? 아니면 너에게 장난을 치고 싶어서? 이런저런 내용의 대답을 생각하는데, 자꾸만 터져 나오는 웃음을 참을 수가 없었다.

그러나 선생으로서 아이의 일기장을 통해 그런 장난 같은 짓을 한다는 것은 있을 수 없는 일이었다. 사실을 밝히는 것이야말로 가장 적절한 조치가 될 수 있을 것이었다.

나는 홍연이의 일기 끝에 다음과 같은 대답을 적어 넣었다.

누구 팔인 줄도 모르고 그저 장난으로 그랬을 뿐이다. 아무 뜻도 없다.

그다음 주 월요일. 일기장을 돌려준 뒤부터 홍연이의 기색이 영 신통치 않았다. 마치 무엇을 잘못 먹은 아이처럼 찌뿌드드한 얼굴을 하고 있었고, 공부에도 흥미를 잃은 듯 나를 잘 쳐다보지도 않았다.

홍연이의 그런 모습은 다음 날도 그다음 날도 계속되었다.

나는 홍연이의 속마음을 알 수 있을 것 같았다. 그냥 가만히 내버려둘 수만은 없었다.

며칠 후, 수업 시간에 나는 마침내 홍연이에게 다가갈 수 있는 자연스런 기회를 포착했다. 아이들이 모두 책상에 코를 박고 학습장에다 문제를 풀고 있는 시간이었다.

아이들 책상 사이를 왔다 갔다 하던 나는 홍연이가 앉아 있는 책상 옆에 멈추어 섰다.

"홍연아, 너 요새 어디 아프니?"

나는 홍연이를 향해 몸을 약간 기울인 채 나지막한 소리로 물었다.

홍연이는 아무런 대답이 없었다. 고개를 숙인 자세로 부지런히 학습장 위에 연필을 움직이고만 있었다.

"꼭 어디 아픈 사람 같다."

홍연이는 여전히 아무런 대답을 하지 않았다. 그러자 홍연이 옆에 앉아 있던 아이가 나를 힐끗 올려다보았다. 아이의 얼굴에는 곧 어떤 일이 벌어질지 몰라 잔뜩 겁을 먹은 기색이 역력했다.

"아무 데도 안 아파요."

잠시 뜸을 들인 후 홍연이가 퉁명스럽게 대답했다. 홍연이의 목소리는 어찌나 메마른지 마치 아프거나 말거나 선생님이 무슨 상관이에요, 하는 것만 같았다.

다음 일기 검사 때, 나는 맨 먼저 홍연이의 일기를 찾아 읽었다. 어떤 내용을 썼을지 몹시도 궁금한 것이었다.

그런데 그 주의 홍연이 일기는 나를 적잖이 당황하게 했다.

어머니는 공연히 나만 보면 잔소리시다. 오늘도 학교에서 돌아와 방에 누워 있는데 잔소리를 퍼붓는 것이 아닌가. 어디가 아프지도 않으면서 왜 공부를 하거나 집안일을 돕지 않고 멀쩡한 년이 방에 반듯이 드러누워서 뭘 하고 있는지 눈꼴이 시어서 못 보겠다고 마구 쏘아붙이는 것이었다. 남의 속도 모르고 덮어놓고 야단이다. 나도 엄마 꼴이 보기 싫다. 정말 보기 싫다.

이런 대목이 있는가 하면 다음과 같은 것도 있었다.

나는 오늘 우리 동생을 실컷 꼬집어 주었다. 살짝 꼬집는 것이 아니라, 아파서 못 견디도록 힘껏 꼬집었다. 아홉 살이나 먹은 녀석이 마루에 서서 마당을 향해 오줌을 누는 것이 아닌가. 남자면 최곤가. 마루에 서서 오줌을 누어도 되는가. 남자들은 보기 싫다. 정말 보기 싫다. 실컷 꼬집어서 엉엉 울려놓고 나니 속이 좀 시원했다.

우리 집 수탉은 꼴불견이다. 암탉이 알을 낳으면 제가 뭔데 유별나게 큰소리로 꼬꼬댁 꼭꼬— 활개를 치고 야단이다. 미워 죽겠다.

그리고 마침내 다음과 같은 대목을 읽었을 때는 한 대 가볍게 얻어맞은 것 같은 느낌이었다.

> 학교에 가도 아무 재미가 없다. 공부도 하기 싫고 친구들 얼굴도 지겹다. 학교는 다녀서 뭐 하나. 졸업을 한다고 별 수 있나. 학교를 그만둘까 싶다. 어머니에게 그런 얘기를 할까 하다가 좀 더 생각해보기로 했다.

학교를 그만둘까 싶다니…… 야, 얘 정말 보통 애가 아니로구나 싶었다.

홍연이의 그런 심리가 어디서 온 것인지는 뻔하지 않은가. 나의 짤막한 몇 마디, '누구 팔인 줄도 모르고 그저 장난으로 그랬을 뿐이다. 아무 뜻도 없다'는 말이 그렇게도 충격을 주었던 것일까. 놀랄 일이 아닐 수 없었다.

나는 홍연이의 어긋난 심리상태를 바로잡을 좋은 방안을 강구하기 시작했다. 그러나 너무나도 민감한 사안이라 묘책이 쉽게 떠오르지가 않았다. 섣불리 서투른 방법을 썼다가는 도리어 일이 우습게 될 것만 같았다. 그 애의 야릇한 감정에 부채질을 하는 결과를 가져올 수도 있는 것이었다.

그런데 어느 날, 홍연이가 보이지 않았다. 아이들에게 홍연이의 결석 이유를 물어보았지만 아무도 아는 사람이 없었다. 홍연이와 한 동네에 사는 아이들도 홍연이 소식을 모르기는 마찬가지였다.

나는 결석을 하게 될 경우 한 동네 사는 아이에게 반드시 그 사유를 알리도록 하고 있었다. 엄격한 지도 덕분에 그동안은 모두들 그렇게 실행을 해온 터였다.

홍연이는 그 규칙을 어기고 무단결석을 한 것이었다.

다른 아이라면 다음 날 단단히 주의를 주는 것으로 끝날 일이었다. 그러나 홍연이만큼은 그렇게 해서 될 일이 아니라는 생각이 들었다.

뭐 특별히 그 애라고 해서 다른 아이들과 차별을 두고 생각해서 그런 것이 아니었다. 무단결석의 원인이 단순한 것이 아니라는 것을 누구보다도 내가 잘 알고 있었기 때문이었다.

물론 확신을 할 수는 없지만 십중팔구 학교를 그만둘까 싶다는 그 묘하게 비뚤어진 심리 때문임은 능히 짐작하고도 남았다. 그렇지 않다면 무단결석을 할 애가 결코 아닌 것이다. 성적도 중간쯤 되고, 평소에 별로 두드러지지도 않는 평범한 아이들은 애를 먹이는 일이 거의 없는 법이었다.

나는 홍연이의 집을 한 번 찾아가 봐야겠다는 생각을 했다. 그 애의 그 묘하게 비뚤어진 심리를 바로잡는 데 어쩌면 좋은 기회가 될 수 있을 것도 같았다. 섣불리 불러서 타이르는 것은 서투르고, 또한 어찌 보면 매우 우습기까지 한 방법이었다. 그보다는, 직접 찾아가 만남으로써 그 애의 마음을 자연스럽게 돌이킬 수 있을 거라는 생각이 드는 것이었다.

그러니까 가정방문은 매우 교육적인 것이었다.

그러나 한편으로 나는 딱히 교육적이라고만은 할 수 없는 묘한 감정이 나의 내부에 안개처럼 서리는 것을 느꼈다.

홍연이가 정말 학교를 그만둬서는 안 된다는 생각이 드는 것이었다. 그 생각은 물론 교육적이기도 했다. 도대체 제자가 학교를 그만두기를 바라는 스승이 어디 있겠는가.

그런데 내 속에서 물안개처럼 피어오르는 감정은 그렇게 단순한 것이 아니었다. 그것은 제자를 향한 스승의 마음으로만 이해될 수 있는 그런 성질의 것이 결코 아니었다.

홍연이의 자리가 교실에서 정말 없어져 버린다면, 매우 허전할 것만 같은 생각이 드는 것이 아닌가. 그 애의 이름이 출석부에서 정말로 삭제되어 버린다면 교단에 서도 별 재미가 없을 것만 같은 생각이 드는 것이 아닌가.

그러나 나는 그날 바로 가정방문을 나서지는 않았다. 하루 더 기다려보기로 했다.

만일 다른 아이가 무단결석을 했다면 한 동네 사는 아이에게 오늘 돌아가는 길에 알아보라고 일렀을 것이다. 그러나 홍연이의 경우는 그렇게도 하지 않았다. 하루 더 가만히 내버려둬 보자 싶었던 것이다.

이튿날에도 역시 홍연이는 모습을 나타내지 않았다. 내가 짐작한 대로였다.

"홍연이가 오늘도 결석이군."

나는 내심 오늘은 꼭 홍연이의 집을 찾아가 봐야겠다는 생각을 하며 그렇게만 말했다.

그런데 홍연이와 한 동네에 사는 순철이가 어제 홍연이 집엘 가본 모양이었다.

"선생님, 홍연이 학교 안 다닌대요."

순철이는 자리에 앉은 채 목청을 높여 말했다.

그러자 교실 안이 갑자기 술렁거리기 시작했다. 모두들 눈이 휘둥그레져서는 수군수군 한마디씩 해대는 것이었다.

나는 역시 그렇구나 싶었다. 그러나 시치미를 뚝 떼고 순철이에게 물었다.

"왜 학교를 안 다닌대, 별안간⋯⋯?"

"몰라요. 그저 다니기 싫다던데요."

"홍연이는 집에서 뭘 하고 있더냐?"

"마루에 엎드려 있었어요."

"배가 아픈가, 왜 엎드려 있지? 엎드려서 뭘 하든?"

"아무것도 안 하고, 그냥 엎드려 있었어요. 배도 안 아파요."

아이들이 모두 와, 하며 웃음을 터뜨렸다. 나도 웃지 않을 수 없었다.

5

그날 방과 후, 나는 순철이를 앞세우고 홍연이네 집을 찾아
갔다.

홍연이네 마을은 학교에서 꽤나 멀리 떨어져 있었다. 거의 십
리가량 되지 않을까 싶었다.

면소재지를 벗어나면 바로 신작로가 나왔다. 어디 짐이라도
부려놓고 돌아가는 길인지 늙은 말이 끄는 빈 수레가 따각따각
소리를 내며 앞서고 있었다. 수레가 지나간 자리에는 뽀얀 흙먼
지가 날아올라 더운 여름날의 햇살 속으로 흩어졌다.

수레의 꽁무니에는 사내 아이 세 명이 무슨 수작이라도 부리
는 듯 서로의 머리를 맞대고 걷고 있었다.

히히덕거리며 어깨를 들썩이던 사내아이들 중 한 명이 흙먼
지 속으로 스며드는가 싶더니 잽싸게 수레 뒷부분에 엉덩이를
걸쳤다. 밀짚모자를 쓰고 말의 고삐를 쥔 채 앞서 걷던 늙은 농

부는 아무것도 모르는 채 마냥 앞만 보고 걸었다.

이번에는 동료의 성공에 고무된 다른 두 아이들이 슬그머니 엉덩이를 걸치고 앉았다. 아이들은 고개를 뒤로 돌린 채 연신 마부의 눈치를 살피고 있었다.

갑작스런 무게에 놀란 말이 고개를 쳐들고는 푸우, 하는 소리를 뱉어냈다. 말의 기척에 놀란 마부가 뒤를 돌아보았다. 뒤늦게 수레에 올라 탄 아이들 둘이 기겁을 하며 뛰어내렸다.

"요놈들!"

그러나 마부의 호통에도 아랑곳 않고 먼저 올라 탄 아이는 여전히 수레 뒷자리에 엉덩이를 걸치고 있었다. 녀석은 대담하게도 마부를 향해 손을 팔랑팔랑 흔들어 보이기까지 했다. 뛰어내린 아이들 둘이 슬금슬금 뒷걸음질을 치는데, 마부가 채찍을 들어 내리치는 시늉을 했다.

그러나 그뿐이었다. 마부는 이내 고개를 돌리고는 이랴, 하며 고삐를 잡아끌었다. 주춤거리며 사태를 지켜보던 아이들 둘이 서로 얼굴을 쳐다보더니 이내 다시 수레 뒷자리로 뛰어올랐다.

그리 높지 않은 산에 막혀 신작로가 부드러운 곡선으로 꺾이는 지점에서 또 다른 길이 나타났다.

그때부터는 고갯길이었다. 앞서 간 아이들 몇이 벌써 앞서거니 뒤서거니 고갯길을 오르고 있었다.

"순철아, 이건 뭐냐?"

고갯마루에 오르니 오솔길이었다. 그 오솔길 한복판에 아이들 팔만 한 크기의 막대기가 하나 세워져 있었다. 막대기 밑 움푹 파인 땅바닥에는 부챗살 모양으로 여러 아이들의 이름이 적혀 있었다.

"여자 애들이 만들어놓은 거예요."

내가 손가락으로 가리키는 곳을 힐끗 본 순철이가 별거 아니란 듯이 말했다.

"여자 애들이 저걸 뭣 하러 만들었느냐? 아이들 이름은 왜 또 적혀 있고."

순철이는 내 물음에 대답은 않고 씩, 웃음을 빼물었다. 그러더니 막대기 옆에 쪼그리고 앉아 아이들 이름 옆의 흙을 손바닥으로 쓸었다. 그러자 아이들 이름과 나란히 '홍연'이라는 글씨가 나타났다.

"여자 애들은 학교에 갈 때 여기 모여서 같이 가요. 막대기 그림자가 이쯤 올 때까지 다른 아이들을 기다리는 거예요."

그러면서 순철은 아이들 이름 너머에 일직선으로 그어져 있는 희미한 선을 가리켰다.

"그때까지 안 오면 자기 이름을 보이게 해놓고 먼저 가는 거예요. 나중에 온 애는 그걸 보고 빨리 뛰어가면 다른 아이들과 함께 갈 수 있는 거예요."

"오, 그러니까 오늘 홍연이는 결석을 했으니 이름이 아직 덮여 있었던 게로구나."

"예. 맨 끝에 온 애가 다시 아이들의 이름을 흙으로 덮어놓게 돼 있는데 홍연이가 안 온 거예요."

"호오!"

시계가 없는 인근 산골 마을 아이들이 등교 시간을 맞추기 위해 생각해낸 방법이었다.

나는 희미하게 웃으며 슬그머니 손목에 찬 시계를 내려다보
았다.

시계가 귀하던 시절이었다. 읍내에서 시계방이라도 하면 부자
라는 소리를 듣던 때였다.

그때는 대부분이 태엽을 감는 시계였다. 그래서 어쩌다 시계
가 멈춰 서면 깜빡 잊어버리고 태엽을 감지 않았으면서도 고장
이라도 난 줄 알아 호들갑을 떨며 시계 수리점으로 달려가곤 하
던 시절이었다.

고개를 넘으니 푸르른 들판이 펼쳐졌다.

내리막길이 나오자 뒤따르던 아이들 둘이 후닥닥 뛰기 시작
했다. 아이들의 등에 걸린 책보에서 철거덕철거덕 하며 양은도
시락이 부딪히는 소리가 들렸다.

순철이는 논두렁길로 길을 잡아 성큼성큼 앞서고 있었다. 뛰
어 내려가던 아이들은 어느새 빈 병을 주워 들고 메뚜기를 잡느
라 정신이 없었다.

메뚜기는 벼 잎사귀에만 붙어 있는 것이 아니었다. 논두렁에
심어진 콩잎 위에도 있었고, 들판 가득 자란 온갖 들풀 위에서
도 지천으로 뛰놀고 있었다.

아이들 손에 잡혀 병 속에 갇힌 메뚜기들은 우드득 우드득 소
리를 내며 유리벽을 기어오르려고 안간힘을 쓰고 있었다.

홍연이네 마을로 들어서기 위해서는 들판을 지나고도 개울을
하나 더 건너야 했다. 개울 끼고 논둑길을 따라 한참을 가니 징
검다리가 나왔다.

"하하하."

갑자기 순철이가 배꼽을 잡고 웃기 시작했다. 내가 어리둥절한 표정으로 쳐다보자 순철이가 손가락으로 개울가의 한 아이를 가리켰다.

개울에는 벌써 학교에서 돌아온 저학년 아이들이 멱을 감고 있었다. 책보와 옷가지를 아무렇게나 던져둔 아이들은 거의가 벌거벗은 채 물을 튕기며 놀고 있었다.

순철이가 가리키는 곳에는 이제 막 개울로 내려온 아이들이 물에 뛰어들기 위해 옷을 벗고 있었다. 그런데 한 아이가 입은 팬티 엉덩이 부분에 '중력분'이라는 글씨가 큼지막하게 적혀 있는 것이었다. 옆에 있던 아이들도 그 아이의 엉덩이를 가리키며 입이 찢어져라 웃고 있었다.

나는 괜히 무안해져서 슬그머니 고개를 돌리고 말았다. 놀림을 당한 아이는 얼굴이 빨개지더니 잽싸게 그 밀가루 포대로 만든 '중력분 팬티'를 벗어던지고 물로 뛰어들었다.

홍연이네 마을은 밋밋한 야산 기슭에 자리 잡고 있었는데, 스무 가호 남짓 되었다. 얼른 보아 빈촌인 듯했다. 기와집이 한두 채 섞여 있기는 했지만 전체적으로 윤기가 돌지 않고 어설퍼 보였다. 집들도 모두 올망졸망 작아 보였다.

"선생님 오셨다!"

홍연이 집 앞에 다다르자 순철이가 앞서 사립문으로 뛰어 들어가며 소리를 질렀다.

홍연이네 집도 그리 큰 편은 아니었다. 그렇다고 가난기가 줄줄 흐르는 그런 집도 아니었다. 아담하고 깨끗한 초가삼간에 사랑채가 달려 있었다. 중농까지는 못 되더라도, 자작을 하는 소농으로 여겨졌다.

앞마당에는 커다란 거름더미가 놓여 있었고, 그 옆에는 땔감으로 쓰는 나뭇더미가 높다랗게 쌓여 있었다.

또 한쪽에는 얼기설기 엮어진 철사 그물로 만든 닭장이 놓여 있었다. 닭장 지붕 위에는 깨진 기왓장이며 돌, 나무판자 등이 잔뜩 올라앉아 있었다.

닭장 옆에는 토끼장도 있었다. 그 안에는 예쁜 토끼 두 마리가 귀를 쫑긋 세우고는 사각사각 풀을 뜯어먹고 있었다.

닭장과 토끼장 건너편 마당에는 작은 돌멩이를 촘촘하게 박아 만든 꽃밭이 있었다. 그곳에는 달리아가 노랗게 미소 짓고 있었고, 해바라기가 하늘을 향해 활짝 웃고 있었다. 꽃밭 가장자리에는 키 작은 채송화며 봉선화도 피어 있었다. 또 진분홍빛 분꽃과 붉은 닭벼슬 같은 맨드라미, 백일홍, 금잔화 등도 심어져 있었다.

마당을 가로질러 대나무에 걸친 빨랫줄에는 하얀 저고리며 무명에 검은 물을 들인 치마, 나일론 양말 등이 주렁주렁 널려 있었다.

집 안으로 들어선 나를 맞이한 것은 홍연이 어머니였다.

"아이고, 선생님, 이렇게 먼 곳까지 찾아오시게 해서 정말 죄송합니다. 글쎄 어찌된 셈인지 홍연이가 아무리 꾸짖어도 말을 안 듣지 뭡니까. 왜 별안간 학교를 그만두겠다는 것인지 알 수가 없네요. 속이 상해 죽겠습니다, 선생님."

순철이의 소리를 듣고 부엌에서 뛰쳐나온 홍연이 어머니는 허리부터 덥석 굽혔다. 홍연이 어머니는 이미 내가 왜 찾아왔는지를 알고 있는 듯했다.

"안녕하세요. 홍연이 어머님, 제가 홍연이 담임입니다."

나는 정중하게 고개를 숙여 인사를 했다.

"예, 예, 선생님, 아이구 이 먼 데를……. 선생님, 어서 여기 좀 앉으시지요."

홍연이 어머니는 치맛자락에 손을 문지르고는 바삐 걸어가 안방 마루 위를 손바닥으로 쓸기 시작했다.

"홍연이 지금 어디 있습니까?"

나는 마루 쪽으로 한 걸음 디가서며 물었다.

"글쎄요, 조금 전까지 보이더니…… 야가 어디 갔지?"

홍연이 어머니는 마루를 닦던 손을 멈추고 고개를 들어 주위를 두리번거렸다.

"홍연이 뒤란으로 숨었어요."

곁에 서 있던 순철이가 씩, 웃으며 말했다.

"망할 년, 선생님이 오셨는데 숨긴 왜 숨어. 선생님, 학교에서 무슨 일이 있었나요?"

홍연이 어머니는 집 뒤쪽을 향해 매운 눈길을 한 번 주더니 다시 나를 향해 돌아서며 물었다.

"아닙니다. 아무 일도 없었습니다."

나는 순식간에 표정을 바꾸는 홍연이 어머니를 보니 새어 나오는 웃음을 참을 수가 없었다. 그래서 고개를 살짝 외로 꼬며 대답을 했다.

"근데 왜 학교엘 안 다닌다 그러지요? 망할 년이 공연히 에미 속 썩이려고 그러나 봐요. 선생님이 좀 쾅쾅 두들겨 주세요."

홍연이 어머니는 딸에 대한 미움과 분함을 참을 길이 없는 듯 씩씩거리며 말했다. 그리고는 얼른 섬돌을 내려와 성큼성큼 집 뒤쪽으로 걸어갔다.

“이년아, 선생님 오셨다.”

홍연이 어머니의 소리가 들려왔다. 홍연이는 내가 온 것을 알고 재빨리 뒤란으로 뛰어가 숨어버린 모양이었다.

그러나 홍연이 소리는 들리지 않았다.

“선생님 오셨다니까.”

“……..”

“아니, 홍연아, 너 왜 이래? 선생님이 오셨는데 일어날 생각도 안 하고……. 뭐 이런 게 다 있지.”

홍연이 어머니의 노기에 찬 목소리가 앞마당까지 들려왔다.

나는 슬금슬금 걸음을 옮겨 뒤란으로 다가갔다.

집 뒤쪽에는 토담이 병풍처럼 둘러져 있었다. 담 벽 바로 밑에는 장독대가 놓여 있었는데, 크고 작은 독들이 키순으로 옹기종기 모여 있었다. 장독대 옆으로는 대나무가 몇 그루 심어져 있어 작은 숲을 이루고 있었다.

홍연이는 장독대 앵두나무 그늘에 쪼그리고 앉아 있었다. 빨갛게 익어가는 앵두가 햇빛에 수없이 반짝거리고 있었다.

“홍연아, 뭐 하고 있어?”

나는 싱긋 웃으며 말했다. 그러나 홍연이는 고개를 푹 숙여버릴 뿐 일어날 생각을 하지 않았다.

“아이구, 뭐 이런 게 다 있지. 선생님이 오셨는데 인사도 안 하고…… 망할 년 같으니라구.”

홍연이 어머니는 어쩔 줄을 몰라 하며 내 눈치를 살피더니 다시 홍연이를 타박했다.

"홍연아, 선생님이 왔는데 아는 척도 안 할 거야?"

나는 다시 홍연이 앞으로 한 걸음 다가서며 말했다.

"……."

"홍연아, 왜 이틀이나 학교엘 나오지 않았어?"

나는 이번엔 약간 엄한 어조로 말했다. 그러나 홍연이는 여전히 아무런 대답이 없었다. 그저 잔뜩 웅크린 채 마치 굳어진 사람처럼 꼼짝도 하지 않았다.

"이년아, 대답을 해. 선생님이 묻는데 대답도 안 하고 도대체 그게 무슨 버르장머리야, 버르장머리가. 응?"

홍연이 어머니는 홍연이의 등짝이라도 내리칠 듯 주먹을 들어올렸다. 그러나 차마 내리치지는 못하고 나를 힐끗 돌아보았다.

"선생님, 좀 쾅쾅 두들겨 주시라니까요."

홍연이 어머니는 몹시 답답한 모양이었다. 홍연이를 쾅쾅 두들겨 달라는 게 그저 입으로만 하는 소리가 아닌 것 같았다.

"킥!"

약간 긴장한 표정으로 내 뒤에 서 있던 순철이가 웃음을 터뜨리고 말았다. 그러자 어느새 따라왔는지 순철이 곁에 서 있던 몇몇 마을 아이들도 재미있다는 듯 킬킬거리며 웃기 시작했다.

홍연이 어머니는 분을 참지 못하고 홍연이와 아이들을 번갈아 보며 씩씩거리고 있었다.

나는 이래서는 안 되겠다는 생각이 들었다. 홍연이와 조용히 둘이서 얘기를 해야 문제가 해결될 것 같았다.

"너희들 때문에 홍연이가 부끄러워 말을 못 하는 것 같다. 너희들은 이제 모두 집으로 돌아가거라. 돌아가서 숙제도 하고 집안 심부름도 해야지."

나는 순철이와 아이들을 돌아보며 타이르듯이 말했다. 그리고는 다시 홍연이 어머님을 향해 말했다.

"죄송하지만 홍연이 어머님도 좀 자리를 비켜 주세요. 홍연이와 둘이서 얘기를 해보는 게 좋을 것 같아요."

"예, 예."

홍연이 어머니는 나를 힐끔 돌아보더니 이내 발길을 돌려 아이들이 몰려 서 있는 곳으로 다가갔다.

"니놈들은 어서 돌아가! 뭐 불구경이라도 났어? 어서 썩 나가지들 못해!"

홍연이 어머니는 아이들에게 화풀이라도 하는 양 버럭 소리를 질렀다. 그리고는 병아리 떼를 쫓듯 팔을 휘휘 저으며 아이들을 앞마당 쪽으로 몰았다.

"선생님, 그년 말을 안 듣거든 쾅쾅 실컷 좀 두들겨 주라니까요."

홍연이 어머니는 한 번 더 나를 돌아보며 당부를 했다. 여전히 쪼그리고 앉아 있는 홍연이를 쏘아보는 홍연이 어머니 두 눈에는 노기가 잔뜩 서려 있었다.

홍연이는 탐스럽게 열린 빨간 앵두알들이 반짝거리는 나무 그늘에 앉아 고개를 푹 숙이고 있었다. 어머니와 다른 아이들이 모두 사라졌지만 홍연이는 조금도 움직일 줄을 몰랐다.

"홍연아."

나는 좀 엄한 어조로 이름을 부르며 한 걸음 앞으로 다가섰다.

"왜 이틀 동안이나 무단결석을 했지?"

"……."

"대답을 해 봐."

"……."

"고개를 들어. 선생님이 일부러 자기 집까지 찾아왔는데 묻는 말에 대답도 안 하고 고개도 안 들다니, 그런 법이 어디 있어."

그러자 홍연이는 고개를 들고 살짝 나를 바라보았다. 약간은 수줍고 어색한 듯한 기색이 얼굴에 가득했다. 나를 바라보는 홍연의 두 눈은 몹시 메말라 있었다.

"왜 무단결석을 했지?"

나는 여전히 목소리에 긴장을 풀지 않고 꾸짖는 투로 말했다.

"학교가 다니기 싫어서요."

홍연이는 들릴 듯 말 듯 조그마한 소리로 말하고는 다시 고개를 살짝 숙였다.

"왜 학교가 다니기 싫은 거지?"

"몰라요."

홍연이는 고개를 숙인 채 역시 작은 소리로 대답했다.

"별안간 학교가 다니기 싫어졌다면 무슨 까닭이 있을 게 아니야. 그 까닭이 뭐지?"

"……."

"대답을 해 봐."

"……."

"네 어머니가 말 안 듣거든 쾅쾅 두들겨주라 그랬어. 너도 들 었지?"

내 말이 끝나기 무섭게 홍연이는 얼른 고개를 들고 힐끗 내 표정을 살폈다. 내가 정말로 쾅쾅 두드릴 거라고 생각했는지 두 눈을 크게 뜨고는 약간 겁먹은 표정을 지어 보였다.

나는 이때다 싶었다. 비록 얼마간 겁을 먹어서이긴 하지만 홍 연이가 나를 쳐다볼 때 달래야 한다고 생각했다.

"홍연아."

나는 지금의 엄한 어조를 버리고 최대한 부드럽고도 정감이 넘치는 목소리로 홍연이를 불렀다.

"선생님이 널 때릴 턱이 있나."

나는 빙그레 미소를 지으며 홍연이 옆자리에 가만히 다가앉 았다. 내가 자기처럼 쪼그리고 앉자 움찔 놀란 홍연이 얼굴을 붉히며 고개를 숙였다.

"홍연아."

"……."

"학교에 안 나오면 쓰나. 어제 오늘 내가 얼마나 걱정을 했다 고……. 어디가 아픈가, 무슨 사고가 생겼는가 하고 말이야. 그 래서 이렇게 찾아온 거야."

나는 미동도 않은 채 고개를 숙이고 있는 홍연을 돌아보며 어 루만지듯 말했다. 홍연이는 힐끗 나를 한 번 쳐다보더니 얼른 다시 고개를 숙였다. 홍연이의 뺨은 복사꽃처럼 발그레 물들어 있었고, 언뜻 본 두 눈엔 윤기가 떠올라 있었다.

나는 이제 분위기를 바꾸어야겠다는 생각을 했다. 뭔가 유쾌한 일로 홍연이의 굳어 있는 마음을 풀어줄 필요가 있었다.

"어제는 홍연이 너 마루에 엎드려 있었다면서? 왜 그랬어?"

나는 히들히들 웃으며 말했다.

"몰라요. 호호호……."

홍연이도 그만 고개를 숙인 채 웃음을 터뜨렸다.

"학교 그만두고, 맨날 마루에 엎드려 있을 작정이었어?"

"호호호……."

나는 이제 됐다 싶었다. 웃음소리를 들으니 홍연이의 마음이 웬만큼 풀어진 것 같았다.

"내일부터 결석하지 말고 잘 나와. 홍연이가 안 나오면 어쩐지 재미가 없어."

나는 앉은자리에서 가볍게 일어서며 경쾌한 목소리로 말했다. 그리고는 앞마당 쪽으로 걸음을 옮기며 마지막 말은 하지 말걸 하는 생각을 했다.

"홍연이가 안 나오면 어쩐지 재미가 없어."

이 말은 홍연이의 기분을 풀어주려고 한 것이지만, 그 애에게 어떤 설렘이나 기대를 줄 것만 같았다. 또한 그것은 선생이 제자에게 아무렇지도 않게 할 수 있는 말은 아닌 것만 같았다.

그러나 나도 모르게 흘러나와 버렸으니 어쩔 도리가 없었다. 나는 시치미를 뚝 떼고 홍연이를 돌아보았다.

"홍연아, 이제 일어나야지."

그러면서 나는 느릿느릿 앞마당으로 돌아 나왔다.

내가 앞마당으로 나오자 홍연이 어머니는 기다렸다는 듯이 내 손을 잡고 마루로 이끌었다. 마루 위에는 이미 술상이 차려져 있었다. 그새 사 왔는지 작은 상 위에 막걸리 한 주전자가 놓여 있었고, 김치 한 사발과 옥수수 세 개가 안줏감으로 마련되어 있었다.

"선생님, 어째 홍연이가 말을 듣던가요?"

"네, 홍연이 어머님, 이제 걱정 안 하셔도 됩니다. 내일부턴 학교에 잘 나올 겁니다."

"아이고, 고맙습니다, 선생님. 저게 말만한 가시내가 툭하면 속을 썩이지 뭡니까. 그래도 학교에 안 가겠다고 한 적은 아직 없었는데…… 뭔 일인지 원."

"하하, 너무 염려하지 마십시오. 별일 아니었으니까요. 홍연이만 한 때는 더러 있는 일이기도 합니다."

"네……."

그러고 있는데, 홍연이가 뒤란에서 모습을 나타냈다. 홍연이는 멋쩍은 듯 킥킥, 웃더니 후닥닥 마루로 뛰어올라 방 안으로 들어가 버렸다.

"이 더운데 방문은 왜 닫아, 닫길! 으이그, 저 웬수. 선생님을 이 먼 데까지 오시게 해놓고선 뭘 잘했다고……."

홍연이 어머니가 방금 홍연이 들어간 방문을 향해 버럭 소리를 질렀다.

"놔두세요. 저도 쑥스러워서 저러는 걸 테니, 하하."

"참, 선생님, 어서 드세요. 사는 게 이러니 별로 대접할 것도 없고…… 죄송해서 어쩌지요."

홍연이 어머니의 목소리에는 좀 전까지만 해도 보이던 걸걸함은 온데간데없이 사라지고 없었다.

"우선 이걸루다 목이라도 축이고 계세요. 제가 금방 밥상을 봐 올 테니까요."

"아이구, 아닙니다. 그러지 마세요. 저는 이만 가 봐야 합니다. 이왕 차린 상이니 이거나 한잔 먹고 가겠습니다."

나는 부엌으로 가기 위해 일어서는 홍연이 어머니를 황급히 만류하여 다시 마루에 앉게 했다. 그리고는 막걸리를 따라 시원하게 한잔 들이켰다.

홍연이 어머니는 식사 대접도 못 하고 보내게 된 것을 못내 아쉬워했다. 그리고는 사립문 밖까지 따라 나와 다음에 꼭 한 번 들러 식사를 하고 갈 것을 당부했다.

나는 오던 길을 되돌아 학교 근처에 있는 하숙집으로 향했다. 개울을 건널 때쯤 나는 홍연이가 사립문 밖에 서서 나를 바라보고 있는 것을 알아차렸다.

그러나 나는 고개를 돌려 아는 체하지는 않았다. 내가 돌아본다면 홍연이는 또다시 얼굴을 붉히며 울안으로 숨어 버릴 것이 분명했다.

들길을 가로질러 산길 초입에 이른 나는 다시 한 번 슬쩍 홍연이네 마을 쪽을 훔쳐보았다. 홍연이는 이제 동구 밖 콩밭머리에 서서 나를 지켜보고 있었다.

산길로 접어들면 더 이상 홍연이네 마을이 보이지 않을 것이었다. 나는 이제 손이라도 흔들어 주어야겠다고 생각했다.

그러나 내가 뒤돌아서자 홍연이는 얼른 그 자리에 숨듯 앉아 버리고 말았다.

이튿날, 물론 홍연이는 학교에 나왔다. 좀 쑥스러운 표정을 짓긴 했지만 어느 때보다도 밝은 얼굴이었다.

출석을 부를 때 내가 윤홍연, 하자 홍연이는 예, 하며 살짝 얼굴을 붉혔다. 그리고는 나를 한 번 힐끗 쳐다본 다음 고개를 숙여 버리는 것이었다.

그런데 힐끗 나를 보는 시선이 예사롭지 않았다. 그건 선생을 보는 여학생의 시선이라기보다 이성을 향한 야릇한 시선에 더 가까웠다. 총각 앞에서 수줍음을 타는 처녀의 눈길이 분명했다.

# 6

그날 오후, 청소 시간이었다.

점심때부터 몸이 좀 안 좋아 일찍 퇴근하고 싶었지만, 그럴 수도 없었다. 마침 한 달에 두 번 있는 대청소날이라 청소가 끝나면 검사를 해야 했다. 다른 선생님께 부탁하고 돌아갈까 하는 생각도 들었지만, 아무래도 그랬다간 아이들이 청소를 제대로 하지 않을 것 같아 참고 있어 보기로 했다.

분단별로 청소 구역을 나누어 주고, 잠시 서서 아이들이 청소하는 모습을 지켜보았다.

유리창 청소를 맡은 아이들은 청소 시작! 하는 소리가 나기 무섭게 일어나더니, 한 명씩 창문에 들러붙어 유리를 닦기 시작했다.

유리창 청소는 아이들이 가장 하기 싫어하는 것 중의 하나였다. 대청소날이면 선생님들이 가장 까다롭게 검사하는 게 바로 유리창이기 때문이다. 깨끗이 닦는다고 닦아도 선생님들은 용케 손자국을 찾아냈고, 그러면 합격 판정을 받을 때까지 몇 번이고 다시 닦아야 했다.

오늘은 웬만하면 그냥 합격을 시키고 일찍 끝낼 생각이었지만, 아이들이 그걸 알 리가 없었다. 그래서 각자 집에서 만들어 온 창문닦이 걸레로 입김을 불어가며 빠드득빠드득 소리가 나게 닦고 또 닦고 있었다.

바닥 청소를 맡은 아이들은 부지런히 교실 뒤편에다 책걸상을 옮겨 쌓고 있었고, 일부는 서둘러 교실 앞에서부터 비질을 하고 있었다.

"요령 피우지들 말고 깨끗이 청소해. 구석구석 다 검사할 거니까. 반장! 청소 끝나면 교무실로 검사 받으러 오도록."

나는 큰소리로 한 번 엄포를 놓았다.

교무실에 돌아와 담배를 피우는데, 다시 머리가 지끈지끈 아파왔다. 아무래도 더위를 먹은 듯했다.

나는 찬물에 세수라도 해야겠다는 생각을 하며 우물가로 향했다. 교사 옆 숙직실 앞에는 커다란 오동나무가 한 그루 서 있는데, 그 오동나무 밑이 바로 우물이었다.

우물가에서는 마침 홍연이가 혼자서 물을 긷고 있었다. 홍연이는 두레박으로 길어 올린 물을 발치에 놓인 양동이에 부지런히 쏟아 붓고 있었다. 청소를 하다 물을 가지러 온 모양이었다.

"홍연아, 물 긷니?"

힐끗 돌아본 홍연이는 킥, 하고 수줍은 웃음을 흘렸다. 멋쩍어서인지 물을 길어 올리는 손길이 부자연스러웠다. 내가 다가오기 전, 능숙하게 물을 긷던 모습이 아니었다.

"자, 나 세수하게 물 좀……."

나는 우물가에 쪼그리고 앉으며 두 손을 내밀었다.

홍연이는 주춤하더니 살짝 얼굴을 붉혔다. 그러나 이내 미소를 띠며 내 손바닥 위로 물을 조금씩 붓기 시작했다.

나는 홍연이가 부어주는 물을 받아 북북 세수를 했다. 차가운 물로 얼굴을 적시니 머리가 한결 맑아지는 것 같았다.

"홍연이 너희 집 앵두 참 예쁘게 많이 열렸더구나."

나는 손수건으로 물기를 닦으며 홍연이를 건너보았다.

홍연이는 아무 말 없이 그저 힐끗 나를 한 번 바라보기만 했다. 그런데 그 바라보는 눈빛이 그렇게 밝고 고울 수가 없었다. 기쁨에 함빡 젖어 반짝반짝 빛이 나는 것이었다.

홍연이는 다시 두레박을 던져 물을 길어 올리기 시작했다. 이미 반이 넘게 차 있던 양동이는 한 두레박의 물을 쏟자 찰랑찰랑 넘치고 있었다.

"자, 나하고 같이 들고 가자."

나는 홍연이보다 먼저 양동이 손잡이 한쪽을 쥐었다.

"놔두세요, 선생님. 저 혼자 들고 갈래요."

홍연이가 적이 당황스러워하며 말했다.

"내가 도와준다는데……. 혼자 들면 무겁잖아."

"괜찮아요."

"어서 들어."

홍연이는 매우 쑥스러운 듯 주위를 힐끗 한 번 둘러보았다. 그리고는 마지못한 듯 손잡이 한쪽을 쥐었다.

"선생님, 인제 됐어요. 놓으세요. 애들이 봐요."

함께 양동이를 들고 교사 입구에 다다르자 홍연이는 걸음을 멈추고 속삭이듯 말했다.

"누가 보면 어때서?"

"싫어요. 부끄러워요."

"부끄럽긴……. 선생님하고 물을 같이 나르는데 뭐가 부끄러워."

"그래도 부끄러워요."

"허허허……."

나는 나직이 웃고는 양동이를 내려놓았다.


그런 일이 있고 나서 며칠 후의 일이었다.

퇴근을 하고 하숙집으로 돌아오니 방에 웬 앵두가 한 보시기 놓여 있었다. 하얀 보시기에 빨갛게 익은 앵두가 소복이 담겨 있는 것이 아닌가.

앵두 보시기는 문을 열면 바로 보이는 곳에 놓여 있었다.

"흠."

나는 누가 갖다 놓았는지 대뜸 짐작을 할 수 있었다. 내 입가에는 절로 미소가 흘렀다.

"아주머니, 이거 웬 겁니까?"

그러나 나는 혹시 모를 일이다 싶어 주인아주머니에게 물어보았다.

"앵두 말인가요?"

우물가에서 푸성귀을 씻고 있던 아주머니가 돌아보며 말했다.

“예.”

“어떤 여학생이 가지고 왔어요. 그릇을 하나 달라기에 주었더니, 앵두를 담아서 선생님 방에 놓아두고 가잖겠어요.”

“……”

“이름이 뭐냐고 물어도 아무 대답을 안 해요. 몇 학년 몇 반이냐고 해도 웃기만 하고요.”

“예, 알았어요.”

“여학생이 꽤 크던데요.”

“예.”

나는 홍연이가 선물로 갖다 놓은 앵두를 책상 위에 올려놓았다. 그리고 그날 저녁 내내 심심할 때마다 조금씩 집어 먹었다.

앵두는 맛보다 보기가 더 좋았다. 마치 무슨 생명이 담겨 있는 보석처럼 신선하게 반질거렸다.

나는 홍연이에게 앵두를 갖다 주어서 고맙다는 말을 하고 싶었지만 그럴 기회가 좀체 생기지 않았다.

수업시간에 아이들 앞에서 그런 말을 한다는 것은 교육적으로 될 일이 아니었다. 또 일부러 교무실로 그 애를 불러 고맙다고 말을 한다는 것도 우스운 일이었다.

며칠 전 우물에서 만난 것처럼 둘이 자연스럽게 부딪히는 기회가 있어야 하는데, 그런 기회가 쉽사리 오질 않았다.

홍연이의 그날 치 일기에는 다음과 같은 내용이 적혀 있었다.


나는 오늘 앵두를 갖다 드리기 위해서 선생님 하숙집에 찾아가 보았다. 앵두가 조금밖에 안 되어서 미안했다. 선생님께서 그 앵두를 보고 어떻게 생각하셨을까. 내가 갖다 놓았다는 것을 아실까? 우리 선생님은 머리가 좋으시니까 아실 것이다. 주인아주머니한테 이름을 말하지 않았지만, 우리 선생님은 다 짐작하실 것이다. 선생님의 하숙방을 들여다보니 어쩐지 한 번 들어가 보고 싶은 생각이 들었다.

후후, 내 방에 한 번 들어가 보고 싶었다니……. 홍연이의 심리가 눈에 보이는 듯했다.

나는 일기 끝에다 몇 마디 적어주기로 했다.

앵두 고맙게 받았다. 홍연이가 갖다 놓은 줄을 대뜸 알았다. 내 방에 한 번 들어가 보고 싶었다 하니, 나중에 내가 있을 때 놀러 오너라.

그 주의 일요일, 나는 아무 데도 나가질 않고 방에서 뒹굴뒹굴 책을 읽으며 지냈다. 일기장에다 놀러 오라는 말을 적어주었으니 혹 홍연이가 찾아올지도 모른다는 생각이 들었기 때문이었다.

그러나 홍연이는 끝내 나타나지 않았다.

꼭 오리라 생각하고 기다린 것은 아니었지만, 해가 서쪽으로 기울 무렵이 되자 어쩐지 좀 서운한 느낌이 들었다.

저녁을 먹고, 기다리기를 단념한 나는 공연히 휘파람을 날리며 학교로 갔다. 괜히 허전한 기분이 들어 방 안에 틀어박혀 있을 수가 없었다. 텅 빈 가슴을 채울 수 있는 무엇인가가 필요했다.

일요일 오후면 종종 그래왔듯, 나는 교무실로 가 풍금을 탔다. 음악은 때때로 허허로운 가슴을 달래줄 수 있는 아주 소중한 친구였다.

밤늦도록 나는 내가 아는 거의 모든 노래들을 부르며 북적북적 풍금을 울려댔다.

그런데 그 주의 일기 검사 때 홍연이의 일기를 본 나는 적이 놀라지 않을 수 없었다.

일요일의 일기에는 다음과 같은 내용이 적혀 있었던 것이다.

선생님의 하숙집에 놀러 가려고 아침을 먹자 바로 집을 나섰다. 어머니는 일요일인데도 학교에 가느냐고 야단을 치셨다. 나는 선생님 하숙집에 놀러 간다고 하지 않고, 학교에 볼일이 있어서 간다고 했던 것이다.

선생님 하숙집 사립 밖에서 들여다보니 선생님은 집에 계셨다. 그러나 나는 안으로 들어갈 수가 없었다. 선생님이 러닝 바람으로 방에 누워 계셨기 때문이다. 러닝도 소매가 없는 겨드랑이가 다 드러나는 러닝이었다. 아직 한여름도 아닌데 선생님은 그렇게 더우신지, 나는 안타까웠다.

선생님이 겨드랑이를 내놓고 누워 계시는데 부끄러워서 어떻게 선생님 하고 부르면서 안으로 들어간단 말인가. 선생님이 와이셔츠를 입고 계셔도 부끄러울 텐데 말이다.

나는 사립 밖에 붙어 서서 안을 들여다보며 선생님이 와이셔츠를 입으시길 기다렸다. 그러나 선생님은 언제까지나 그대로 계셨다. 나는 하는 수 없이 다음에 또 찾아가기로

하고 집으로 돌아왔다.

집으로 돌아오면서 나는 부아가 나서 혼났다. 선생님은 왜 벌써 그런 러닝을 입고 계시는지 모르겠다.

나는 그만 허허, 웃음을 터뜨리고 말았다.

몹시도 내성적인 아이로구나 싶었다. 일부러 하숙집까지 찾아와놓고선 내가 소매 없는 러닝을 입고 있다고 그냥 되돌아갔다니……. 생각해보면 보통 수줍음을 타는 성미가 아니었다. 또한 그것은 홍연이가 이제 성숙한 처녀임을 증명하는 것이나 다름 아니었다.

나는 그날 소매 없는 러닝을 입고 있었던 것이 약간 후회가 되었다. 또한 홍연이에게 미안한 생각이 들기도 했다.

십 리가량이나 되는 거리를 찾아왔다가 그냥 돌아갔으니 그 심정이 오죽했을까. 돌아가면서 부아가 나서 혼났다고 씌어 있질 않은가.

나는 거기까지는 전혀 생각을 하지 못했던 것이다.

나는 홍연이의 일기 끝에다 다음과 같이 적었다.

소매 없는 러닝을 입고 있어서 미안하게 됐다.

7

양은희 선생이 나타난 것은 바람결에 실린 아카시아 향기가 온 마을을 적시던 늦은 봄날이었다. 온 산에 지천으로 널린 아카시아나무에서 작은 나비꼴의 유백색 꽃송이들이 주렁주렁 매달려 달콤한 향기를 쏟아내고 있었다.

그로써, 지난 만우절에 내가 아이들에게 한 거짓말이 사실이 되고 말았다. 담임이 바뀌는 일까지는 벌어지지 않았지만, 여선생의 부임이라는, 아이들로서도 가장 솔깃할 수밖에 없었던 일이 이루어진 것이다.

양 선생의 등장은 비단 산리국민학교뿐만 아니라 인근 마을 전체의 사건이었다. 그도 그럴 것이 산리국민학교와 같은 산골 학교에 젊은 여선생이 부임해 오는 것은 아주 드문 일이었다.

학기 중에 갑작스레 전근해 온 경우라 사람들은 더더욱 놀랍고 반가워했다. 누구든지 외지 사람이 나타나기만 해도 떠들썩

한 판에 젊은 여선생의 부임이라니, 모르긴 해도 새 학기에 여선생이 온다는 사실을 미리 알고 있었더라면 잔치라도 벌이며 맞이하지 않았을까.

국민학교라고 해서 여자 선생이 꼭 있어야 한다는 법은 없었지만, 사람들은 저마다의 이유로 여자 선생이 한 사람이라도 꼭 있었으면 하는 생각을 갖고 있었다.

그러나 그 누구보다도 여자 선생님의 부임을 손꼽아 기다리던 사람은 바로 남자 선생님들이었다.

가뜩이나 따분하기만 한 산골 학교생활인데, 남자들만 우글거리는 교무실은 지루함과 투박함을 더할 뿐이었다. 그래서 선생님들은 단조롭고도 무덤덤한 산골 생활에 활력을 불어넣어 줄 향기로운 바람 한 점을 갈구하고 있었다.

그것은 아침저녁으로 실려 오던 두엄 냄새와는 다른 것이었고, 이제는 그리 신선하지만도 않은 들녘의 풀 향기와도 분명 다를 것이었다.

그러나 남자 선생님들이 단순히 분위기 전환을 위해 여자 선생님을 필요로 한 것은 아니었다. 오히려 그 밑바탕에는 아이들을 가르치는 과정에서 부닥치는 현실적인 벽을 뛰어넘고자 하는 교육적인 동기가 더 크게 자리 잡고 있었다.

대부분의 남자 선생님들에게 음악시간은 고역일 수밖에 없었다. 우선 무엇보다도 유일한 반주 악기인 풍금을 제대로 다룰 줄 아는 선생님들이 드물었다. 또한 전공자도 아닌 선생님들이 변성기 전 국민학생들의 음역에 맞춰 노래를 지도하기란 거의 불가능한 일이었다.

선생님들은 자연히 여자 선생님이 한 사람이라도 있다면 아이들의 예능 교육에 좀 더 내실을 기할 수 있을 것이라는 생각을 하지 않을 수 없었다.

그래서 양은희 선생의 등장은 산리국민학교 선생님들로서는 오랜 숙원사업의 해결이나 마찬가지였다.

나로서도 여자 선생님이 부임해 온다는 사실은 몹시 가슴 설레는 일이었다.

나는 은근히 나와 비슷한 연배의 젊은 여선생이었으면 하는 생각을 하기도 했다. 아이들의 정서 교육이니 뭐니 하는 현실적인 필요를 따지기에는 스물한 살의 나는 너무도 젊은 가슴을 가지고 있었다.

그러나 실망스럽게도 양은희 선생은 나이가 스물여섯이나 되는 노처녀였다. 나보다 다섯 살이나 많으니 누님이라고 쳐도 바로 위도 아닌 하나 더 위의 누님인 셈이었다. 게다가 그녀는 교단 경력으로 봐도 나보다 한참이나 위인 선배였다.

별로 미인이라고 할 수도 없는데 묘하게 끌어당기는 힘이 있는 그런 여자였다.


양은희 선생은 4학년 1반을 담임했는데, 교실이 바로 우리 5학년 교실 옆이었다.

여름철이라 창문을 활짝 활짝 열어놓고 수업을 하는 터여서 양 선생의 목소리가 곧잘 우리 교실까지 들려오기도 했다.

그렇다고 그녀가 걸핏하면 빽빽 고함을 질러대는 신경질적인 여잔가 하면 그건 또 아니었다. 오히려 그 반대라고 할 수 있었다. 부드럽고 너그러운 성격으로 보였다. 교무실에서도 곧잘 웃고, 남선생들과 이야기도 잘하는 서글서글한 맛이 있는 여자였다.

다른 한편 그녀에게는 엄격하고 격한 면도 있는 듯했다. 교실에서 학생들을 꾸짖는 목소리가 거침없기도 했다. 때로는 학생들과 함께 터뜨리는 웃음소리가 창밖으로 요란하게 쏟아져 나오기도 했다.

그리고 음악시간이면 그녀의 노랫소리가 곧잘 우리 교실까지 울렸다. 양 선생은 아마 특기가 음악인 모양으로, 다른 어느 수업시간 때보다도 음악시간이면 열을 올리고 신명을 내는 것이었다.

성량도 제법 풍부하고, 음색도 부드럽고 고운 편이었다. 풍금도 잘 탔다.

한마디로 말해서 활달한 여선생이었다. 그러면서도 한편 조용하고 정숙한 구석을 간직하고 있는 그런 여선생이기도 했다.

그저 활달하기만 한 여자였다면 나는 별로 그녀에게 매력을 느끼지 못했을 것이다. 활달하면서도 한편 묘하게 조용하고 어딘지 모르게 쓸쓸해 보이기까지 하는 그런 분위기를 간직하고 있어서 은연중 교양미 같은 것이 풍기기도 했고, 누님 같은 친밀감이 느껴지기도 했다.

어느 날 방과 후였다.

그날도 다른 선생님들이 모두 퇴근을 하고 한참이 지나서야 교무실을 나섰다.

날씨가 무더워지면서 나는 방과 후에도 학교에 남아 있는 날이 많았다. 학교라고 해서 별다른 냉방장치가 있는 것은 아니었지만, 넓은 교무실이 아무래도 하숙방보다는 더 시원하게 느껴졌다.

아무도 없는 교무실에 앉아 책을 읽기도 했고, 이것저것 생각나는 대로 글을 쓰기도 했다. 가끔은 빈 교실에 들어가 아이들 책상에 앉아 있기도 했다. 아이들이 말끔히 청소해놓은 교실 책상에 앉아 있노라면 어지럽던 생각이 말끔히 정리되기도 했고, 또 가끔은 꽤 괜찮은 글감이 떠오르기도 했다. 대개는 그렇게 학교에서 시간을 보내다 저녁 먹을 때가 되어서야 어슬렁어슬렁 하숙집으로 돌아갔다.

그런데 그날은 나만이 늦게까지 학교에 남아 있던 것이 아니었다.

교무실을 나서 복도를 지나던 나는 양은희 선생이 4학년 교실에 혼자 앉아 있는 것을 보았다. 양 선생은 아이들이 다 돌아가고 없는 호젓한 교실 창가에 앉아 책을 읽고 있었다. 오후의 밝은 햇살이 창턱에 기대어 턱을 괴고 앉은 양 선생의 얼굴에 화사하게 내리비치고 있었다.

나는 발소리를 죽여 살금살금 복도 창가로 다가갔다. 그리고는 한참 동안이나 양 선생을 지켜보았다.

홀로 책 읽기에 몰입해 있는 모습 때문이었을까. 여느 때보다 훨씬 더 그녀가 정답게 느껴졌고, 매력이 있어 보였다.

양 선생은 오래도록 내가 복도 창가에 서서 자기를 지켜보고 있다는 사실을 눈치채지 못했다. 이따금 한 손을 들어 책장을 넘길 때를 제외하고는 움직임조차도 없었다.

그러던 어느 순간, 양 선생이 고개를 들어 복도 쪽을 힐끗 바라보았다. 가만히 서서 양 선생을 바라보던 나의 시선과 양 선생의 시선이 일직선으로 만났다.

그런데 양 선생의 얼굴에는 한동안 아무런 표정이 떠오르지 않았다. 아마도 시선만 떼었을 뿐 양 선생의 마음은 아직도 책 속에 잠겨 있는 모양이었다. 아니면 무슨 다른 생각에 골몰해 있던 중이었는지도 모를 일이었다.

이윽고 양 선생이 웃는 듯 마는 듯한 엷은 미소를 떠올렸다.

그러나 그것뿐이었다. 양 선생은 다시 손에 들고 있던 책으로 시선을 떨구고 말았다.

아주 짧은 순간이었지만, 나는 온몸에 짜릿한 떨림이 전해져오는 것을 느꼈다. 탄탄히 서 있던 두 다리가 휘청이는 듯도 했다.

살짝 내비친 양 선생의 그 야릇한 미소 때문이었을까. 그것은 수줍음을 드러내는 것 같기도 했고, 내 시선 따위는 무시해 버리겠다는 의도로 비쳐지기도 했다.

나는 불현듯 그녀 곁으로 다가가고 싶은 야릇한 충동을 느꼈다. 무슨 책을 읽고 있기에 저렇게 몰입해 있는 것일까 하는 호기심이 동하기도 했고, 훼방을 놓고 싶은 짓궂은 장난기가 머리를 쳐들기도 했다.

나는 열린 문을 통해 주저 없이 교실로 들어갔다.

그러나 양 선생은 여전히 정물처럼 앉아 있을 뿐이었다. 시선도 책에다 떨군 채였다. 내가 교실로 들어선 줄을 뻔히 알았을 텐데도 시치미를 뚝 떼고 있는 것이었다.

"무슨 책인데 그렇게 재미있게 읽으십니까?"

나는 양 선생에게로 가까이 다가가며 입을 열었다.

"아무 책도 아니에요."

양 선생은 그제서야 고개를 들었다. 그리고는 보던 책을 책상 밑으로 살짝 감추며 멋쩍은 웃음을 띠었다.

"아무 책도 아니라뇨? 아무 책도 아닌 그런 책도 있나요?"

나는 흥미를 느껴 빙글빙글 웃으며 말했다. 무의식중에 책을 감추려 하는 것을 보니 호기심이 더욱 커지는 것이었다. 내가 봐서는 안 될 책인 듯 양 선생의 얼굴에는 쑥스러워하는 기색이 역력했다.

"재미있는 연애소설인 모양이죠?"

나는 풋내기 총각 선생의 용감성을 발휘하여 거침없이 말했다.

"하하하……."

스물여섯의 누님 같은 여선생이 환하게 웃으며 고개를 가로저었다.

"그럼요? 무슨 책인데 그렇게 감추세요?"

나는 슬그머니 양 선생에게로 한 발짝 더 다가섰다.

"아무 책도 아니라니까요."

"아무 책도 아닌 게 어딨어요?"

"하하하……."

"안 그래요? 어디 좀 봅시다. 무슨 책인지……."

"왜 이러실까, 이상하시네. 남이야 무슨 책을 읽든 무슨 상관이에요?"

양 선생은 눈을 살짝 흘기며 말했다.

　그러나 나의 짓궂은 관심을 멈추게 하기에는 그 흘기는 눈이 너무나 고왔다. 나는 양 선생이 나의 관심을 전적으로 싫어하고 있지만은 않다고 짐작을 했다.

"아마 무슨 수상한 책인 모양이죠?"

나는 히죽 웃으며 몸을 살짝 기울였다.

그것이 실수였다.

내 입에서 그 말이 떨어지기 무섭게 양 선생은 표정을 확 바꾸고 말았다. 부드럽게 흘기던 그 눈매에 서늘한 냉기가 감돌며 눈에 띄게 얼굴이 굳어지는 것이었다.

나는 아차, 싶었다. 말을 너무 경솔하게 했다는 생각이 들었다. 수상한 책이라는 말의 의미가 잘못 전달된 게 틀림없었다.

나는 수상한 책이라는 말을 성에 관계되는, 남 앞에 떳떳이 공개하기가 부끄러운 책이라는 뜻으로 말한 것인데, 양 선생은 아마도 불온한 책이라는 의미로 받아들인 모양이었다. 체제에 반하는 모든 것들이 철퇴를 맞고 있던 때였고, 불온한 책들이 밝은 빛을 피해 그늘에서 그늘로 슬금슬금 나돌고 있는 시절이었다.

"자, 보세요."

양 선생은 책상 밑에 숨기고 있던 책을 꺼내 내 앞으로 내밀었다. 약간 굳어진 듯한, 그러면서도 담담한 표정이었다.

나는 속으로 꽤 미안한 생각이 들었지만 자연스럽게 그것을 받아 들었다.

양 선생이 읽고 있던 책은 완전히 예상 밖의 것이었다.

낯간지러운 연애소설 같은 것이겠거니 여기고 있던 나는 내

심 놀라지 않을 수 없었다. 조금은 의아한 생각이 들기도 했다.

육아에 관한 책이었다. 결혼을 해서 첫아기를 낳으면 어떻게 길러야 하는가에 대한 안내서 같은 것이었다.

"하하하…… 역시 좀 수상한 책이군요."

나는 빙그레 미소를 지으며 말했다.

그러자 양 선생이 약간 뚱한 표정을 지어 보였다. 도대체 무슨 소리를 하고 있느냐는 듯 나를 바라보는 것이었다.

"아니, 그게 무슨 수상한 책이란 말이에요?"

양 선생은 내 말이 몹시 못마땅한 모양이었다.

"내가 생각하기에는 약간 수상한 책이 아닐 수 없군요. 하하하……."

나는 양 선생의 책을 살살 흔들며 통쾌하게 웃어댔다. 예상 밖의 책이기도 했거니와 무엇보다 좀 전까지 보이던 양 선생의 반응이 무척 재미있게 느껴지는 것이었다.

양 선생은 껄껄대며 웃고 있는 내가 어이가 없는지 빤히 쳐다보기만 했다. 그런 내가 아주 밉고도 싫은 기색이었다.

"수상한 책이란 남 앞에 내놓기가 쑥스럽기도 하고 부끄럽기도 하고 좀 창피하기도 한 그런 책을 말하는 것이죠. 다른 뜻으로 말한 게 아니에요. 양 선생님 오해는 마세요."

나는 웃음은 거두었지만 여전히 장난기가 묻은 목소리로 말했다.

"……."

"이 책도 남 앞에 내놓고 읽기는 좀 쑥스러울 테니 결국 수상한 책이라 할 수밖에요. 안 그래요? 더구나 결혼도 안 한 처녀 선생님이 읽고 있으니 말입니다.”

나는 또다시 웃음을 터뜨렸다.

양 선생은 그제야 굳어진 표정을 풀고 얼굴에 발그레한 미소를 떠올렸다.

“양 선생님, 시집가고 싶으신가 봐요.”

나는 다시 장난기를 섞어 말했다.

“시집은 무슨……”

양 선생은 얼굴이 붉어지며 눈을 살짝 내리깔았다.

“그러니까 이런 책을 보고 계신 거 아닙니까?”

“그야…… 지금 당장은 아니래도 언젠간 필요할 테니 시간 날 때 읽어두자는 거죠 뭐.”

양 선생은 그런 대화가 쑥스러운지 고개를 약간 숙이면서 말했다.

“양 선생님.”

“왜요?”

“이 책 나도 좀 읽어보고 싶은데요. 읽어도 되겠죠?”

“호호호…….”

“왜 웃으세요? 나는 읽으면 안 되나요? 나도 나중에 결혼을 하면 아기 아빠가 될 것 아니에요. 아빠도 아기를 어떻게 키워야 하는지 알아두는 게 좋을 것 같은데요. 안 그래요? 양 선생님.”

“호호호…… 재미있어.”

“아기를 건강하게 잘 키우려면 엄마 혼자 힘으로는 부족할 거예요. 아빠도 협력을 해야 되리라고 생각해요. 나도 나중에 좋은 아빠가 되려고 하는걸요. 히히히……."

"호호호……."

"그러니까 양 선생님, 이 책 다 읽고 나면 나 좀 빌려주세요."

"정말이에요?"

"정말이죠."

"빌려드리는 거야 뭐 문제 있나요. 호호호…… 참 재미있다. 강 선생, 꼭 어린애 같으셔. 스물한 살이라죠?"

"예, 스물하나예요. 히히히……."

나는 천진난만한 어린아이처럼 조금은 들뜬 기분이 되어 말했다.

"아이 참 좋을 때다."

"예? 좋을 때라고요? 허허허…… 아니 그럼 양 선생님은 좋을 때가 아닌가요? 시들어가고 있는 겁니까?"

"하하하…… 그런 건 아니지만 벌써 스물여섯인걸요."

"스물여섯이면 한창 무르익을 때 아닙니까. 그야말로 좋을 때죠."

"하하하……."

"허허허……."

스물한 살의 풋내기 총각 선생과 스물여섯 살의 처녀 선생은 마치 정다운 오누이처럼 유쾌하게 웃었다.

그것이 양은희 선생과의 첫 번째 만남이었다. 매일같이 얼굴을 대해 온 터이지만 그처럼 단둘이 유쾌하게 웃으며 이야기를 나누기는 처음이었던 것이다.

그 뒤로는 나는 곧잘 양 선생 교실로 가서 그녀와 이야기를 나누었고, 그녀 또한 우리 교실로 자연스럽게 나를 찾아오곤 했다. 누님을 찾아가는 남동생처럼, 남동생을 찾아가는 누님처럼.

물론 양 선생은 육아에 관한 그 책을 나에게 빌려주었다. 그러나 나는 대충대충 넘기며 그림이나 좀 보았을 뿐 내용은 읽지도 않았다. 내게 그 책의 내용은 안중에도 없었다.

애초부터 그 책은 나의 흥미를 끄는 것이 아니었다. 나중에 좋은 아빠가 될 생각이라느니, 아기를 건강하게 잘 키우려면 아빠도 협력을 아끼지 말아야 한다느니 하는 따위의 말도 다 진심에서 우러나온 것이 아니었다. 다만 그때 그 순간에 혓바닥에서 굴러 나온 헛소리에 불과한 것이었다.

시와 소설을 탐독하며 꿈에 부풀어 있던 문학청년에게 육아에 관한 책이 눈에 들어올 리가 없었다. 그런 류의 책은 아무 쓸모도 없고 시시하게만 여겨지던 시절이었다.

그것이 양 선생이 빌려준 책이 아니었다면, 양 선생의 손때가 묻은 책이 아니었다면, 나는 아마도 그림을 훑어보는 성의조차도 보이지 않았을 것이다.

아무튼, 누님 같은 양은희 선생은 나의 산골 학교생활에 새로운 기쁨과 가슴 설렘을 가져다주었다. 양 선생을 알게 된 이후로 나는 그저 하루하루가 밝고 즐겁기만 했다.

아침에 눈을 뜨면 오늘 학교에 갈 일이 즐거웠고, 해가 지고 밤이 오면 내일이 멀지 않다는 사실이 또한 즐거웠다.

일요일에도 나의 하숙집 울타리 안에 가만히 갇혀 있을 수가 없었다. 공연히 기분이 좋아 어디로든 훨훨 나서고 싶었다. 그래서 곧잘 일요일에도 학교로 나가곤 했다.

8

그즈음의 어느 날, 학교에 영화가 들어왔다. 시골 마을을 돌아다니며 영화를 틀던 가설극장 업주가 학교 운동장을 빌려 영화 상영을 하게 된 것이다.

산골 사람들에게 영화는 진기한 구경거리였다. 읍내에 가면 영화관이 있긴 했지만, 일부러 그곳까지 나가 돈을 내고 영화를 볼 사람은 많지 않았다. 간간이 도회지에 나갔다 온 사람들의 입을 통해 영화배우 누구는 이렇고 누구는 저렇더라 하는 얘기를 듣긴 했지만, 그건 모두 실감이 나지 않는 먼 곳의 얘기일 뿐이었다.

아이들의 사정은 더했다. 국민학교를 졸업할 때까지 한 번도 읍내에 나가보지 못한 아이들이 수두룩했으니, 영화 구경은 그림의 떡일 수밖에 없었다.

그래서 이렇게 제 발로 찾아든 구경거리가 있는 날에는 인근 마을 전체가 들썩였다. 여러 날 전부터 사람들은 그날을 손꼽아 기다렸고, 그날 구경한 것을 한동안 주된 화제로 삼기도 했다. 산을 넘고 물을 건너 사람들이 몰려들었고, 온 가족이 나들이를 겸하여 손잡고 나서기도 했다.

학교 운동장에서 오늘 밤에 영화 상영을 한다는 소문 또한 며칠 전부터 나 있었다. 그 며칠 동안, 신작로를 오가던 수레의 양쪽 벽면에는 영화 포스터가 가득 붙어 있었고, 어느 목청 좋은 사람이 하루에도 몇 번씩 확성기를 통해 요란하게 선전을 하고 다녔다.

해가 지고 저녁이 되자 학교 운동장에서 확성기 소리가 울리기 시작했다. 사람들을 모으기 위해 틀어놓은 유행가 소리가 제법 구성지게 산골의 호젓한 밤을 흔들어댔다.

확성기 소리조차 신기한 축에 들던 때였다. 읍내의 이발소에나 가야 라디오를 구경할 수 있던 시절이었다. 그러니 확성기에서 울려 퍼지는 유행가 소리는 산골 사람들의 가슴을 휘젓기에 충분했다.

학교 운동장으로 구경꾼들이 삼삼오오 떼를 지어 모여들고 있을 게 뻔했다. 일찍 저녁을 차려 먹은 사람들이 바쁜 걸음을 재촉하고 있는 게 눈에 보이는 듯했다.

그러나 나는 저녁을 먹고 나서도 그냥 하숙방에 드러누워 있었다. 가슴이 울렁거리기는커녕 피식피식 웃음만 나오는 것이었다.

'시시하다. 참 시시하구나.'

나는 속으로 이렇게 뇌고 있었다.

그 무렵, 나는 유행가 따위는 정말 시시한 것으로 생각하고 있었다. 소설을 읽고 시를 읊으며 고상한 척하던 내게 그런 것들은 오직 경멸의 대상일 뿐이었다.

비록 나 자신이 산골에 묻혀 아이들을 가르치고 있기는 했지만, 유행가나 틀며 어설프게 사람들을 울고 웃기는 짓 따위는 싹 무시해 버리고픈 욕구가 강했다. 팔팔한 나이의 문학청년들이 갖고 있을 건방기를 나 역시 고스란히 지니고 있었던 것이다.

그러나 나는 확성기 소리가 멎고, 영화가 시작된 듯 박수 소리가 들려오자 그대로 가만히 누워 있을 수가 없었다.

"시시하게 뭣들 하고 있는지 슬슬 한 번 나가 볼까."

하숙집을 나선 나는 울타리를 돌아 학교로 들어섰다.

가설극장은 운동장 한가운데에 세워져 있었다. 교사를 등지고 높다랗게 세워진 크고 하얀 천이 영사막이었다. 운동장 곳곳에는 기다란 장대나무가 서 있었고, 그 꼭대기에는 삼십 촉 백열등이 빛나고 있었다. 그 주위에는 셀 수 없이 많은 날벌레들이 떼를 지어 맴을 돌고 있었다.

관객들은 영사막 앞에 새까맣게 모여앉아 있었다. 얼른 보아도 어른들보다 아이들이 더 많은 듯했다. 필름이 얼마나 낡았는지 확성기에서는 계속해서 지지직거리는 소리가 났고, 하얀 영사막에는 빗줄기 떨어지듯 가는 줄이 희번덕거렸다.

상영되고 있는 영화는 이윤복 군의 일기를 영화화했다는 〈저 하늘에도 슬픔이〉였다. 직접 보지는 않았지만 그 내용은 얘기를 들어 알고 있는 영화였다.

영화는 병든 아버지를 리어카에 싣고 사 남매가 움막집으로 이사를 가는 장면부터 시작한다고 했다. 아버지는 병이 들었고 어머니마저 가출해 버려 소년가장이 된 주인공 윤복이가 껌팔이와 구두닦이 등으로 식구들을 먹여 살린다는 내용이었다. 술 주정하는 아버지에게 매를 맞고 발가벗긴 채 골목길로 도망가던 윤복이의 모습, 동생들과 함께 깡통을 들고 밥을 얻으러 다니던 모습 등은 영화를 본 사람들의 기억에 가장 선명하게 남아 있는 장면이었다.

내게 인상 깊었던 것은 그 모든 것이 한 국민학생의 일기를 바탕으로 하고 있다는 사실이었다. 넝마주이에게 매를 맞고, 구두를 닦다가 구두 통을 빼앗긴 날에도 윤복이는 일기를 썼다고 했다.

영화는 사람들을 울리고 감동의 박수를 치게 하기에 충분했다. 이 영화가 상영되는 곳에서는 아이들은 물론 어른들도 모두 훌쩍거리게 마련이고, 급기야는 영화관이 울음바다가 되고 만다는 얘기도 들은 바가 있었다.

나는 뒤에 서서 잠시 구경을 하다가 슬그머니 자리를 떴다. 이미 알고 있는 내용인데 새삼 봐서 무엇 하랴 하는 생각이 들기도 했고, 우리 반 아이들도 있을 텐데 눈물을 흘리기라도 한다면 여간 민망한 일이 아닐 수 없다는 생각도 들었기 때문이었다.

나는 천천히 학교 정문을 향해 걸어갔다. 달빛이 하얗게 깔린 운동장은 낮에 볼 때보다 한결 넓고 후련해 보였다.

그런데 내가 막 학교를 나서려 할 때였다. 문득 정문 옆 나무 그늘에 누군가 혼자 앉아 있는 것이 눈에 띄었다. 학교를 나서려면 그 나무 바로 곁을 지나쳐야만 했던 것이다.

얼른 보아도 여학생인 듯했다. 나는 의아한 생각이 들어 걸음을 멈추고 나무 그늘 쪽으로 한 발 다가갔다.

"거기 누구야?"

그러나 그늘 속의 여학생은 대답이 없었다. 그저 정물처럼 가만히 앉아 있기만 하는 것이었다.

나는 그늘 속으로 한 걸음 더 다가섰다.

"누구지? 아니 너, 홍연이 아니냐."

뜻밖에도 홍연이가 거기에 혼자 앉아 있었다. 나는 흠칫 놀라 홍연이에게 바싹 다가갔다.

"선생님…… 안녕하세요."

내가 다가가자 홍연이는 조용히 일어서더니 들릴 듯 말 듯 인사를 했다. 그리고는 수줍은 듯 고개를 떨구며 다시 그 자리에 가만히 앉았다.

"아니, 여기서 뭘 하고 있어?"

나는 정말 좀 이상하다 싶었다.

그러나 홍연이는 고개를 살짝 숙인 채 묵묵히 앉아 있을 따름이었다.

"영화 구경을 안 하고…… 영화 구경하러 온 거 아니야?"

"……."

"이상하네……."

정말 알 수가 없었다. 분명 영화를 보기 위해 십 리나 되는 밤길을 걸어왔을 텐데, 영화 구경은 하지 않고 이렇게 나무 그늘에 혼자 앉아 있다니…….

"무섭지도 않니? 혼자 여기 이렇게 앉아 있어도……."

“……”

“응? 홍연아.”

“안 무서워요. 선생님을 기다리고 있었어요.”

그제야 홍연이는 들릴 듯 말 듯한 목소리로 말했다.

나를 기다리고 있었다……. 나는 속으로 야, 이것 봐라, 싶었다. 얼른 뭐라고 말이 나오지가 않았고, 가슴이 약간 멍해지는 느낌이었다. 알 수 없는 뿌듯함이 차오르기도 했다.

재미있는 영화 구경을 젖혀두고, 나무 그늘에 숨듯이 앉아서 나를 기다리고 있었다니……. 예삿일이 아니다 싶었다.

나는 소용돌이치는 가슴을 진정시키려고 아랫배에 지그시 힘을 주었다.

“그랬어? 만일 내가 안 나오면 어쩔 뻔했지?”

나는 슬그머니 웃으며 홍연이 곁에 주저앉았다. 그러나 바싹 다가앉은 것은 아니었다. 홍연이와 나 사이에는 한 사람이 앉을 수 있을 정도의 간격이 있었다.

홍연이는 곁에 앉은 나를 힐끗 한 번 보더니 히히힉, 웃음을 쏟아냈다. 그리고는 크게 한 번 숨을 마셨다 내쉬었다. 가슴이 벅찬 모양이었다.

밤 그늘 속이라 얼굴이 잘 보이지는 않았지만, 나는 그녀가 무척 수줍어하면서도 좋아 어쩔 줄을 모르고 있다는 것을 육감으로 알 수 있었다.

“저 영화, 아주 재미있는 건데, 홍연이는 구경하고 싶지도 않아?”

홍연이는 아무런 대답 없이 그저 힐끗 한 번 운동장 쪽을 바라보았다.

"집에서 나설 때는 영화 구경을 하려고 나섰을 텐데……."

"영화 같은 건 구경하고 싶지 않아요."

홍연이가 툭 내뱉듯이 말했다.

"그래?"

나는 새삼 놀라며 홍연이를 돌아보았다.

홍연이는 가지런히 세운 무릎을 두 팔로 싸안고 다소곳이 머리를 숙인 채 앉아 있었다. 약간 긴 단발머리가 앞으로 흘러내려 얼굴을 가리고 있었다.

홍연이는 마치 좋아하는 총각 곁에 앉은 수줍은 처녀 같아 보였다.

모처럼만에 산골을 찾아 들어온 영화를 외면하고 호젓한 어둠속에 앉아 나를 기다리고 있었는데, 그게 나라는 총각을 사모하는 수줍은 처녀의 마음이 아니고 무엇인가.

담임선생인 나를 제자인 홍연이가 기다리고 있었던 게 결코 아니었다. 담임선생이라면 제자가 호젓한 밤 어둠속에 앉아서 기다리지는 않는 법이다.

나는 기분이 야릇하고 묘했다. 나를 사모하는 처녀 곁에 앉아 있는 셈이니 그럴 수밖에 없지 않은가.

그러나 나는 엄연히 홍연이의 담임선생이었다. 그 사실을 잊어서는 안 되는 것이었다.

"달이 몹시 밝아서 좋군."

나는 담담한 투로 혼자 중얼거리듯이 말했다.

"……."

한동안 침묵이 흘렀다. 어두운 그늘 속에 단둘이 앉아 아무 말이 없으니 어쩐지 어색하고 묘했다. 거북스런 이 분위기를 휘저을 무엇인가가 필요했다. 그래서 나는 약간 장난기가 동한 그런 음성으로 어색한 분위기를 휘젓듯이,

"참, 홍연아, 나를 기다리고 있었다는데 무슨 일로?"

하고 갑자기 생각난 듯 말했다. 짐작되는 바가 없는 건 아니었지만 홍연이가 어떻게 말을 하는지 들어보고 싶었다. 한편으로 내 짐작과는 다른 어떤 이유가 있을지도 모른다는 생각이 들기도 했다.

그러나 홍연이는 살짝 고개를 들어 나를 한 번 바라보고는 이내 도로 고개를 숙여 버렸다.

"무슨 볼일이 있는 거야?"

"……."

"응? 홍연아."

"……."

"왜 나를 기다리고 있었지?"

그러자 홍연이는 또다시 고개를 들어 나를 힐끗 바라보았다. 어둠 속에서도 나는 그녀가 분명히 나를 흘겨보는 것을 알 수 있었다. 극히 짧은 순간이었지만, 곱게 흘겨보는 그 눈매는 뜨거운 화살처럼 저릿하게 나의 가슴에 날아와 박히는 듯했다.

그런데 가만히 고개를 숙이고 있던 홍연이가 큭큭큭, 하며 웃기 시작했다.

"아니, 왜 웃는 거야?"

나는 시치미를 뚝 떼고 물었다.

“호호호…….”

홍연이는 내 물음에는 아랑곳 않고 그저 웃기만 했다.

흘러내린 머리 때문에 얼굴이 보이지는 않았지만, 웃음소리며 가늘게 물결치는 어깨 같은 것이 몹시 귀엽게 느껴졌다. 나는 그만 왈칵 홍연이를 껴안아버리고 싶은 충동을 느꼈다.

그러나 그럴 수는 없는 일이었다.

나는 홍연이가 눈치채지 않게 가만히 숨을 들이마셨다 내쉬었다.

“아무 볼일도 없는 모양인데, 왜 기다리고 있었지? 알 수 없는 일이군.”

뜨끈한 기운이 좀 가라앉자 나는 다시 시치미를 뚝 떼고 말했다.

“호호호…….”

그러나 홍연이는 여전히 고개를 숙인 채 재미있다는 듯 웃기만 했다.

“왜 웃지? 참 이상한데, 아무 볼일도 없이 영화 구경을 안 하고, 나를 기다리다니, 알 수 없는 일이지 뭐야.”

“호호호…… 선생님, 정말 몰라서 그러시는 거예요?”

“내가 어떻게 알아? 홍연이가 말을 안 하는데. 내가 남의 마음 속을 들여다보는 재주가 있는 것도 아니고 말이야. 안 그래?”

나는 속으로 웃음이 나올 것 같았지만 꾹 참고 더욱 시치미를 뗐다.

그러자 홍연이가 가만히 얼굴을 들어 나를 바라보았다. 내가 정말로 그러는지, 아니면 일부러 그러는지 의심이 가는 모양이었다.

　나는 정말 잘 알 수 없다는 표정을 지으며 홍연이의 얼굴을 마주보았다. 나는 마치 내가 영화 속의 배우, 그것도 명배우가 된 듯한 기분이었다.

　나는 홍연이의 눈가에 야릇한 물결이 이는 것을 놓치지 않았다. 그늘 속이지만 달이 밝았고, 어둠에 어느 정도 익숙해진 시선이라 상대방의 표정을 어렵지 않게 읽을 수 있었다.

　"선생님 바보!"

　홍연이는 내뱉듯이 그렇게 말하고는 와락, 고개를 도로 숙여 버렸다. 그런데 이번에는 아까보다 훨씬 깊숙이 고개를 숙였다. 그러더니 또다시 큭큭큭, 웃기 시작했다. 터져 나오려는 웃음을 참으려 애쓰는, 그런 웃음이었다.

　나는 홍연이를 가만히 지켜보고 있었다. 지켜본다기보다는, 두 눈으로 홍연이의 그 큭큭거리는 모습을 더듬듯, 어루만지듯, 지그시 감싸안고 있었다.

　차츰 숨결이 더워지고 가슴이 벌떡거렸다. 두 눈 가득 열기가 담기는 듯도 했다. 어떤 기로에 서 있는 느낌이었다.

　나는 그만 슬그머니 엉덩이를 들어 그 애 쪽으로 다가앉고 말았다. 그리고는 두 팔을 들어 그녀를 덥석 안아 버릴까 어쩔까, 초조하게 망설이기 시작했다. 두 손의 손가락들이 가늘게 떨리고 있었다.

　홍연이는 내가 바로 옆으로 다가앉자 몹시 긴장한 눈치였다. 얼어붙은 듯 바짝 굳어져서는 가만히 웅크리고만 있었다. 머리를 깊이 숙이고 있었지만 모든 사태를 감지하고 있는 듯했다.

달밤의 나무 그늘 속에는 팽팽한 긴장감이 감돌고 있었다.

그러던 한 순간이었다. 폭발 직전의 긴장을 일시에 무너뜨리는 사태가 발생했다.

"아야!"

나는 냅다 비명을 지르며 한 손을 얼른 볼로 가져갔다. 불에 데기라도 한 듯 오른쪽 볼이 화끈거렸다. 마치 누가 따귀라도 한 대 호되게 때린 것 같았다.

모기였다. 모기도 아주 왕모기였던 모양으로 쏜 자리가 어찌나 아픈지 정신이 얼얼할 지경이었다.

"아니, 왜 그러세요?"

깜짝 놀란 홍연이가 나를 쳐다보았다.

"모기란 놈이……."

나는 모기에게 쏘인 오른쪽 뺨을 어루만지며 계면쩍은 표정을 지어 보였다.

"아이 깜짝이야. 난 또…… 하하하 ……."

안심이라는 듯, 홍연이가 놀란 표정을 풀며 웃음을 토해냈다.

"벌써 모기가 있네. 그놈의 모기 하필 남의 볼때기를 콱 쏠 게 뭐람."

"모기한테 물리고서 그렇게 놀라세요?"

"모기라도 왕모기였던가 봐. 허허허……."

"고거 잘됐어요."

홍연이는 다시 고개를 살짝 숙이며 말했다.

"뭐? 잘됐어?"

"그 모기 참 고맙지 뭐예요."

"아니, 뭐야?"

나는 속으로는 빙글빙글 웃으면서도 눈을 크게 뜨고 뚱한 표정을 지어 보였다. 콱 으스러지게 껴안고 싶도록 귀엽고 아리따운 계집애의 심리가 아닌가.

홍연이는 자기가 좀 지나쳤던가 싶은 듯 곧장 힐끔거리며 곁눈질을 했다. 내가 진짜로 그러나 하고 살피는 듯했다. 뚱한 나의 반응에 조금 얼떨떨해진 표정이었다.

나는 여전히 뚝뚝하고 섭섭한 표정을 풀지 않고서 홍연이를 바라보았다. 그러자 홍연이는 두려운 듯 고개를 더 깊이 떨구며 다소곳해졌다.

나는 더 이상 웃음을 참을 수 없었다.

"허허허……."

한바탕 크게 웃음을 터뜨려 버렸다.

"선생님, 순 공갈쟁이*('거짓말쟁이'를 속되게 이르는 말)네요."

홍연이는 그러면 그렇지, 싶은 듯 기분이 확 풀린 어조로 말하며 고개를 쳐들었다. 그리고는 나를 따라 킬킬킬, 웃기 시작했다.

갑자기 운동장 쪽에서 와아 하는 웃음소리가 몰려왔다. 누군가가 영화를 보다 우스갯소리라도 한마디 한 모양이었다.

나는 어쩐지 맥이 탁 풀려버리는 느낌이었다. 야릇하고도 묘하던 기분이 쏜살같이 달아나 버린 듯했다. 까맣게 잊고 있었던 운동장 쪽의 소란이 나와 홍연이 사이의 호젓하고도 감미로운 분위기를 삽시간에 뒤흔들어 버린 것이다.

나는 불현듯 불안해지기 시작했다. 남자 선생이 이렇게 여학생과 어둠 속에 단둘이 앉아 있다니…… 만일 누가 보기라도 한다면…… 그런 생각이 들자 나는 정신이 번쩍 돌아오는 듯했다.

홍연이도 다소 서먹하고 멋쩍은 듯 앉아 있기만 했다.

나는 그만 일어서야겠다고 생각했다. 이제 할 말도 없었고, 더 이상 앉아 있을 기분도 나지 않았다.

"난 그만 가서 자야겠어. 잠이 오는군."

나는 짐짓 피곤한 목소리로 말을 하며 자리에서 부스스 일어났다. 그러나 홍연이는 마치 내가 일어나는 것을 눈치채지 못한 듯 꼼짝도 하지 않고 있었다.

"홍연이는 잠 안 오니?"

"……."

"여기 혼자 있지 말고, 가서 영화나 구경해. 자, 그럼 나는 간다."

나는 건들건들 걸음을 옮겨놓았다.

잠시 걸어가다 뒤를 돌아보니 홍연이는 여전히 꼼짝도 안 하고 그대로 앉아 있었다. 살짝 고개를 숙인 채로였다.

나는 하숙집으로 돌아온 뒤에도 한참 동안 홍연이 생각에 젖어 있었다.

오래간만에 영화가 들어왔는데도 그것에 들뜨지 않고 혼자 나무 그늘에 앉아 나를 기다리고 있었다니……. 그리고 내가 자기 곁에서 일어나 하숙집으로 돌아오는데도 여전히 그대로 그 자리에 앉아 있다니……. 정말 예삿일이 아니며, 보통 계집애가 아니라는 생각이 들었다.

그러나 곁에 앉아 있을 때 꽤 묘한 기분이 들던 것과는 달리,

나는 결코 홍연이가 이성으로서 간절하게 느껴지지는 않았다.

　며칠 뒤, 나는 일기를 통해 그날 밤 홍연이의 심정을 읽을 수 있었다.

　　나는 오늘 밤 정말 영화가 보고 싶었다. 그러나 참았다. 영화보다도 선생님이 더 만나고 싶었던 것이다. 고요한 밤에 선생님을 만나면 얼마나 좋을까, 생각하니 영화 같은 것은 오히려 시시하게 느껴졌다.
　　선생님과 단둘이 앉아 있는 동안 나는 자꾸 웃음이 나오려고 해서 애를 먹었다. 이상하게 긴장이 되면서도 자꾸 웃고 싶기만 했다.
　　선생님은 영화가 끝날 때까지 왜 그대로 앉아 계시지 않고 중간에 가버리셨는지, 미워 죽겠다. 선생님이 가버리신 뒤에도 나는 영화 구경을 하러 일어서지 않고 그대로 그 자리에 가만히 앉아 있었다. 하숙집으로 돌아가신 선생님은 쿨쿨 주무시겠지.

　나는 절로 웃음이 나오는 것을 어찌지 못했다. 새삼 그날 밤에 있었던 일이 떠오르며 야릇한 기분이 되살아나는 것 같기도 했다.
　나는 일기 끝에다 뭐라고 한마디 적어줄까 하는 충동을 느꼈으나 그만두고 말았다. 만일 적는다면 '나도 하숙방에 돌아와서 홍연이 생각을 했지. 그냥 쿨쿨 자버리지는 않았어.' 하는 식으로 될 것 같은데, 그건 아무래도 선생으로서 지켜야 할 선을 넘

어서는 것처럼 여겨졌던 것이다. 그래서 그저 틀린 글자 몇 개
를 고치고, 검사를 했다는 표시만 남겼다.

9

어느 일요일이었다.

오후가 되자, 나는 여느 때처럼 학교로 갔다. 그런데 그날은 마침 양 선생이 일직을 서고 있었다.

"어서 와요, 강 선생."

무심코 교무실 문을 드르륵 열고 들어서는데, 양 선생이 방긋 웃는 얼굴로 나를 반기는 것이 아닌가. 그냥 평소처럼 인사를 받고 말았지만 내심 무척이나 기뻤다. 오랜만에 또다시 둘만이 같이 있게 된 것이었다.

양 선생은 뜨개질을 하고 있었다. 하얀 실뭉치를 책상 위에 올려놓고 부지런히 손을 놀리고 있었다.

"이 더위에 무슨 뜨개질이에요?"

반소매 블라우스를 입고 앉아 있는 양 선생의 이마가 촉촉이 땀에 젖어 있었다. 여름방학이 멀지 않은 때여서 창문을 활짝 열어놓았는데도 교무실 안은 무더웠다.

양 선생은 고개를 들고 나를 향해 살며시 미소를 지었다. 그러나 두 손은 여전히 뜨개바늘을 잽싸게 놀리고 있었다.

양 선생은 뜨개질 솜씨가 보통이 아니었다. 눈으로 보지 않아도 저절로 바늘이 기계처럼 가볍게 실을 얽어가는 것이었다.

"나중에 아기 낳으면 입힐 옷인 모양이죠?"

무슨 책상보 같은 것을 짜고 있는 것으로 보였지만, 나는 일부러 그렇게 말했다. 일전에 육아에 관한 책을 보고 있던 일이 떠올랐기 때문이었다.

양 선생은 까르르, 자지러진 웃음을 터뜨렸다.

"이게 아기 옷으로 보여요? 남자들 눈은 참 재미있어. 어쩌면 그렇게도 엉터리일까."

"왜요? 아기 옷 만들면 예쁘겠는데요. 얼룩덜룩한 무늬가 있고…… 국화꽃 무늰가요? 아니면 민들레꽃인가……?"

나는 삐져나오려는 웃음을 눌러 참으며 짐짓 멀쩡한 얼굴로 대꾸를 했다.

"아기가 무슨 물건인가요. 이런 보자기 같은 것으로 둘둘 싼단 말이에요? 아무리 남자지만 좀 생각해 봐요. 아기 옷 같으면 팔을 꿸 소매가 있어야 할 게 아니에요. 소매도 없는 아기 옷이 어디 있단 말이에요."

양 선생은 내 생각을 아는지 모르는지 제법 진지한 표정을 지으며 말했다.

"아 그렇군요."

"상보예요, 상보."

양 선생은 그러면 그게 뭐냐고 내가 묻기도 전에 먼저 말을 이었다.

"그러고 보니 상보 같네요."

나는 비로소 멀뚱한 표정을 지우며 빙그레 웃었다.

"아기 옷은 무슨……. 결혼도 안 했는데 벌써 아기 옷을 짜겠어요? 자취하는 집에 파리가 많아서 상보를 짜는 거란 말이에요. 알겠어요? 바보 같은 스물한 살짜리 총각 선생님!"

내 웃음이 마음을 녹였는지 양 선생도 여유를 되찾고 장난기가 섞인 말을 했다.

"파리가 이 구멍으로 들어가겠는데요."

나는 손가락 하나를 얼룩덜룩한 꽃무늬에 나 있는 구멍에다 쏙 찔러 넣었다.

"어머, 그러지 말아요. 구멍이 넓어져서 보기 싫어요."

화들짝 놀란 양 선생이 뜨개질감을 쥐고 있던 팔을 내려 내 손가락이 빠져 나가게 했다.

"보기 싫은 게 아니라, 파리가 선생님 밥상의 반찬을 핥아먹으려고 그 구멍으로 들어가겠단 말입니다."

"호호호…… 걱정도 많으셔. 그냥 이대로 상보를 하는 줄 알아요? 망사 같은 엷은 베를 안쪽에다 댄단 말이에요. 바보 선생님, 그런 걱정은 마시라니까."

"아, 그렇군요. 난 또…….."

나는 양 선생의 밉지 않은 면박에 뒷머리를 슬슬 쓸어내렸다. 그리고는 마치 전혀 모르던 사실을 알았다는 듯 고개를 크게 끄덕여 보였다.

할 말이 궁해진 나는 신문을 찾아 들고 내 자리로 가 앉았다. 양 선생은 다시 뜨개질에 몰두하기 시작했다.

이리 펼치고 저리 뒤집으며 신문을 보던 나는 이내 따분해지고 말았다. 별스런 집중이 필요하지 않은 신문이라 하더라도 글을 읽기에는 날씨가 너무 후덥지근했다.

나는 아무렇게나 신문을 접은 뒤 책상 위로 던져 버렸다. 그리고는 교무실 한쪽 구석에 놓여 있는 풍금 앞으로 다가가 앉았다.

그 풍금은 딱 한 대밖에 없는, 산리국민학교의 가장 소중한 재산 중의 하나였다. 그래서 그것은 음악 시간 외에는 언제나 교무실의 정해진 자리에 놓여 있었다. 음악 시간이 되면 아이들이 그것을 자기네 교실로 가져갔고, 끝나면 다시 가져다 놓곤 했다.

나는 북적북적 페달을 밟으며 풍금을 타기 시작했다. 나는 은근히 양 선생이 풍금을 타는 내게 관심을 보여주기를 기대했다. 교실에서 쉬운 동요 반주를 할 때와는 달리 고난도의 곡을 화려한 변주를 섞어 연주해 보임으로써 내가 가진 재주를 뽐내 보고 싶었던 것이다.

그러나 양 선생은 내게 관심을 보이기는커녕 제자리에 정물처럼 앉아 손끝만 가볍게 놀리고 있었다.

나는 처음에 국민가요와 같은 건전한 곡으로 시작했다. 그러나 슬그머니 열이 오르며 감상적인 대중가요를 연주하기 시작했다. 뜨개질에만 열중하고 있는 양 선생의 기분을 보기 좋게 뒤흔들어놓고 싶은 짓궂은 생각이 들었던 것이다. 교무실을 가득 채우며 풍금 소리가 울려 퍼지는데도, 마치 나를 무시하는 듯 자기 일에만 몰두하고 있는 양 선생에게 은근히 부아가 나기도 했다.

나 혼자만이 그대를 알고 싶소
나 혼자만이 그대를 갖고 싶소

오래 전에 나왔지만 그때까지도 많이 불리던 노래였다.
나는 한껏 멋을 부려 연주를 했고, 나중에는 풍금에 맞추어 노래까지 부르기 시작했다.

나아아 호온자마니이 그대에를 사랑하여어
영워언히 여엉원히이 행보옥하게 사알고 시잎소오

노래를 마치고 나서 나는 힐끗 양 선생을 돌아보았다.
언제부터였는지는 모르지만 양 선생은 잔잔한 얼굴로 나를 바라보고 있었다. 나와 시선이 마주치자 살포시 미소를 지어 보이기까지 했다. 그러나 양 선생의 손가락 끝은 여전히 뜨개바늘을 따라 가볍게 움직이고 있었다.
나는 이번에는 빠른 곡을 골라 노래하기 시작했다.

우리 애인은 올드미스 히스테리가 이만저만
데이트에 좀 늦게 가면 하루 종일 말도 안 해 윗셜 아이 두
우리 애인은 올드미스 강짜 새암이 이만저만

젊은 여자와 인사만 해도 누구냐고 꼬치꼬치 오 핼프 미

〈우리 애인은 올드 미스〉는 사실 내가 좋아하는 노래는 아니었다. 그처럼 직설적인 가사에 경망스런 리듬을 가진 노래는 내 취향과 거리가 멀었다. 나는 오히려 서정적이고 잔잔한 음조의 노래를 즐겨 듣고 부르는 편이었다.

그러나 나는 가사를 빌려 양 선생을 꿇려주고 싶었고, 첫 번째 노래에 무덤덤한 반응을 보인 양 선생의 관심을 확 끌어당기고 싶은 조급증이 일었다. 그래서 나는 경쾌한 리듬에 맞춰 북적북적 페달을 밟았고, 흥겨운 노래를 부르며 어깨를 들썩이고 고갯짓을 하기도 했다.

"유행가를 제법 잘 하시네요."

노래를 마치자 등 뒤에서 양 선생이 말했다. 나는 다시금 양 선생을 돌아다보았다. 아까보다는 크게 미소를 짓고 있었지만, 내 기대와 달리 양 선생이 뜨개질을 멈출 기색은 보이지 않았다.

나는 애가 타기 시작했다. 벌떡 일어나 그녀의 손에 들린 뜨개질감을 빼앗아 던져 버리고 싶은 생각도 들었다.

하지만 삼세판이라는 말이 있지 않은가. 열 번 찍어 넘어가지 않을 나무가 없다는 말도 있었다. 나는 마음을 다잡아먹고, 꽤나 감상적인 노래인 〈산장의 여인〉을 택해 부르기 시작했다. 이번에는 꼭 양 선생이 일손을 놓고 자리에서 일어나 풍금 쪽으로 오게 할 속셈이었다.

아무도 날 찾는 이 없는 외로운 이 산장에
단풍잎만 차곡차곡 떨어져 쌓여 있네
세상에 버림받고 사랑마저 물리친 몸
병들어 쓰라린 가슴을 부여안고
나 홀로 재생의 길 찾으며 외로이 살아가네


그러나 역시 실패였다.
오냐, 그렇다면…….
나는 아랫배에 지그시 힘을 주었다. 그리고는 대담하게도 번안곡으로만 알려져 있던 〈아름다운 갈색 눈동자〉를 영어로 부르기 시작했다.


사랑은 아름다운 것
사랑은 참된 것
그 사랑은 어딜 가든지
서로 잊질 못하네
아름다운 갈색 눈동자
아름다운 갈색 눈동자
아름다운 갈색 눈동자
내 영원히 간직하리


마침내 오랜 시간에 걸친 힘겨운 싸움이 결실을 맺었다. 양 선생은 일손을 멈추고 다소곳이 앉아 나를 바라보고 있었다. 게다가 양 선생은 눈까지 지그시 감고 있었다.

종주부에서 길게 꼬리를 끌며 이어지던 풍금 소리가 완전히 그치자 양 선생이 드디어 뜨개질감을 책상 위에 올려놓고 자리에서 일어났다.

"강 선생이 어떻게 그런 노래를 다 아시지?"

양 선생은 느릿느릿 걸어와 풍금 옆에 서더니, 반말도 아니고 존댓말도 아닌 어투로 말을 걸어왔다. 내가 그 노래를 알고 있는 것이 조금은 신기하다는 듯한 표정이었다.

나는 속으로 회심의 미소를 지었다.

"왜요. 나는 그런 노래 알면 못 쓴다는 법이라도 있나요?"

나는 일부러 약간 퉁명스럽게 내뱉었다.

"아니, 그런 노래를 언제……?"

양 선생은 여전히 내가 어떻게 그런 노래를 알고 있는지 궁금한 모양이었다.

"이래 봬도 모르는 노래가 없다구요. 아시겠어요?"

나는 턱을 살짝 치켜 올리며 뽐내듯 말했다.

"강 선생, 이제 보니 학교 다닐 때 순 엉터리 학생이셨나 봐. 공부는 안 하고 맨날 유행가만 듣고 그러셨지?"

양 선생이 밉지 않게 살짝 눈을 흘기며 말했다.

"허허허……."

나는 그만 웃음을 놓아 버렸다.

"예전 노래부터 최신곡까지, 못 하는 게 없으시던데? 게다가 영어 노래까지……."

내가 아까 부른 노래들을 염두에 두고 하는 말이었다.

"강 선생, 근데 좀 전에 불렀던 그 영어 노래는 어디서 배웠어요? 번안곡으로야 많이들 부르지만 원어로 듣기는 나도 처음인 걸."

"하하, 그 노래뿐만이 아니에요. 내가 가사를 다 외우고 있는 영어 노래가 스무 곡도 넘을걸요."

나는 다시 한 번 자랑스러운 표정을 지으며 말했다.

양 선생은 내 말이 놀라운 듯 묘한 눈으로 나를 바라보았다.

내가 스무 곡이 넘는 영어 노래를 안다는 것은 거짓말이었다. 그러나 나는 특별한 인연으로 인해 비교적 일찍부터 영어 노래에 친숙해져 있었다. 몇 곡의 노래 정도는 단어 하나도 틀리지 않고 유창하게 부를 수도 있었다.


국민학교 6학년 때, 우리 앞집에는 경자라는 이름의 아가씨가 살고 있었다. 나보다 예닐곱 살 위였으니 열아홉이나 스무 살쯤 이었을 것이다. 국민학교를 졸업하자마자 곧바로 미8군 나이트 클럽에 취직해 몇 년간 일을 했다고 했다. 그곳에서 병을 얻어 일을 그만두고 고향집에 내려와 요양을 하고 있던 중이었다.

미8군 나이트클럽에서 일을 했다는 이유로 사람들이 모두 그 녀를 멀리했지만, 나는 어쩐지 그녀가 좋았다. 나를 퍽이나 귀 여워해 주었기 때문이었다.

식구들이 모두 논밭 일을 나가고 혼자 집을 볼 때면, 그녀는 곧잘 나를 불러서 놀아주곤 했다. 그럴 때면 그녀는 꼭 감자나 고구마, 옥수수, 하다못해 누룽지라도 내놓으며 이런저런 얘기 도 해주고 노래를 가르쳐주기도 했다. 무척이나 다정다감한 아 가씨였다. 나는 그녀가 마치 정다운 누이처럼 여겨져 내 발로 곧잘 그녀를 찾아가기도 했다.

수를 놓는 것은 그녀의 유일한 소일거리였다. 몸이 안 좋으니 그녀가 밖에서 할 수 있는 일은 없었다. 집에 가보면 그녀는 늘 둥근 수틀을 안고 수를 놓고 있었다.

한 땀 한 땀 수를 놓는 그녀의 손길에는 세심한 정성이 깃들어 있었다. 그녀는 수를 놓으며 사람들의 멸시감으로부터 오는 슬픔을 수틀에 박아 넣었고, 무너져버린 건강의 회복에 대한 기원을 뽑아 올리기도 했다.

그녀는 고운 색실로 수를 놓으며 이따금 노래를 흥얼거렸다. 그녀가 놓는 한 땀 한 땀의 수가 노래가 되어 절로 흘러나오는 것이었다. 그녀의 노래는 때로 슬픔에 젖어 있었고, 때로는 벅찬 설렘으로 넘쳐흐르기도 했다.

그러나 그녀가 부르는 노래 중에는 내가 전혀 알아들을 수 없는 것들이 많았다. 그녀는 종종 영어로 된 노래를 불렀는데, 국민학생인 내가 알아들을 리가 없었다. 그녀는 그 모든 노래들을 미군부대에서 일할 때 배웠다고 했다. 알파벳을 쓸 줄도 읽을 줄도 모르는데, 그 어려운 노래들을 잘도 불러대는 그녀를 보면 난 그만 입이 딱 벌어지고 말았다.

"그게 무슨 노래야?"

한 번은 내가 그녀에게 물었다. 무슨 뜻인지는 몰랐지만, 그녀가 부르는 노래가 퍽이나 감미롭게 들렸기 때문이었다.

그러자 그녀는 그저 생글생글 웃기만 했다.

"참 좋다, 그 노래."

"좋아?"

“응.”

“가르쳐 줄까?”

“응.”

“너는 아직 빠를 텐데…….”

“나도 내년에 중학교 가면 영어 배워.”

“영어 말구.”

“그럼 뭐?”

“가사…… 노래 내용 말이야.”

“무슨 내용인데?”

“음…… 사랑 얘기.”

“그럼 빠른 것도 아니네. 히히.”

그녀는 묘한 미소를 짓더니 그럼 따라 부르라면서 한 구절씩 먼저 부르기 시작했다.

그렇게 해서 내가 처음으로 배운 영어 노래가 바로 〈아름다운 갈색 눈동자〉였다. 그때 그녀는 마치 꿈꾸는 듯한 표정으로 그 노래를 불렀고, 나도 묘하게 짜릿한 기분으로 열심히 배웠다.

나는 그 노래의 부드러움에 취해서 틈만 나면 그 노래를 흥얼거렸다. 그녀는 그 노래뿐 아니라, 그런 종류의 대중가요를 여러 개 나에게 가르쳐주었다. 말하자면 그녀는 나의 어린 가슴속에 아직은 깊숙이 묻혀 있는 사춘기의 싹을 일찍부터 긁어 일으켜 준 셈이었다.

나는 다시 풍금을 탔고, 이번에는 번안 가사로 〈아름다운 갈색 눈동자〉를 부르기 시작했다.

번안 가사는 알고 있었는지 곁에 서서 가만히 듣고 있던 양 선생의 입에서도 곧 노래가 흘러나왔다. 나는 매우 기분이 좋아 어깨까지 약간 우쭐거리며 신명나게 풍금을 탔다.

후렴부에 접어들자 양 선생은 하이소프라노로 화음을 넣기 시작했다. 남과 여, 두 음정이 조화를 이루어 교무실 안은 감미롭고도 부드러운 음률로 가득 찼다. 노래에 밀려 무더위도 어디론가 물러가 버리고, 그저 즐겁고 가슴 설레는 분위기만이 넘쳐 흘렀다.

양 선생과 나는 마지막 한 박자까지 호흡을 맞추어 노래를 끝냈다.

나는 두 손을 건반 위에 올려둔 채 가만히 고개를 들어 양 선생을 바라보았다. 숨을 고르고 있는 듯 양 선생의 가슴이 눈에 띄게 오르내리고 있었다. 나와 시선이 마주치자, 양 선생은 수줍음이 담긴, 그러면서도 묘한 윤기가 흐르는 눈으로 나긋이 웃어 보였다.

"자아, 양 선생님이 한 번……."

나는 양 선생의 미소에 화답이라도 하듯 풍금 앞에서 일어나 옆으로 한 걸음 물러섰다.

"나는 강 선생처럼 그렇게 멋지게 치진 못해요."

그렇게 말하면서도 양 선생은 주저 없이 내가 양보한 풍금 의자에 걸터앉았다. 그리고는 다시 엉덩이께로부터 치마를 쓸어내리며 자세를 고쳐 앉았다. 짧은 순간이었지만 연주할 곡목을 생각하는 듯도 했다.

"강 선생, 목소리가 참 좋으시네요. 우리 이제 가곡을 하나 불러요. 제가 제일 좋아하는 노랜데……."

곧이어 양 선생이 연주하는 풍금 소리가 흘러나왔다.

〈보리밭〉이었다. 양 선생은 후반 두 소절을 먼저 연주함으로써 전주로 삼았다.

나는 풍금 소리가 잠시 잦아들며 전주가 끝나자 한껏 부드러운 목소리로 노래를 부르기 시작했다.

처음에 양 선생은 같이 노래를 부르지 않았다. 그러나 노래가 중반에 이르자 자연스럽게 합류하여 고운 목소리를 울렸다.


보리밭 사잇길로 걸어가면
뉘 부르는 소리 있어 나를 멈춘다
옛 생각이 외로워 휘파람 불면
고운 노래 귓가에 들려온다
돌아보면 아무도 보이지 않고
저녁놀 빈 하늘만 눈에 차누나


어쩌다 그만 일요일 오후의 교무실이 음악회장이 되고 말았다.

노래를 마치자 양 선생은 멋쩍은 미소를 띠며 자리에서 일어나려고 했다. 내게 다시 풍금을 양보하려는 것이었다.

"아닙니다. 양 선생님이 한 곡조 더……."

나는 자리에서 일어서려는 양 선생을 그만 두 손으로 덥석 잡고 말았다. 양 선생의 등 뒤에 약간 옆으로 비켜 서 있던 내가 무의식중에 잡은 것은 양 선생의 양쪽 어깨 조금 아래의 팔이었다.

그런데 참으로 묘했다. 자리에서 일어서려는 것을 만류하기 위해 무의식중에 잡은 것일 뿐인데, 아뿔싸, 싶은 것이 아닌가. 이렇게 잡아도 되는 것인가 하는 생각이 번쩍 드는 것이었다.

또한 기분이 야릇했다. 무엇보다도 그녀의 팔이 의외로 탱탱하고 미끈했기 때문이었다. 여자의 팔이니 부들부들할 줄 알았는데 그게 아니었다. 양 선생의 피부는 아주 탄력 있고 싱싱했다.

나는 손바닥을 통해 짜릿한 기운이 전신으로 퍼지는 것을 느끼며 가볍게 몸을 떨었다. 얼른 손을 놓아 버릴까도 싶었다. 그러나 어떤 알 수 없는 힘이 나를 붙들고 옴짝도 못하게 했다. 양 선생의 팔을 잡고 있는 두 손을 떼려야 뗄 수가 없었다. 오히려 나는 내 양손에 더욱 힘을 가하고 있었다.

나는 얼굴이 벌겋게 달아오르는 것을 느꼈다. 가슴속에서는 커다란 바위 하나가 사정없이 요동을 치고 있었다.

일어서려다 양쪽 팔을 붙들린 양 선생은 그대로 다시 주저앉았다. 양 선생은 한동안 꼼짝도 하지 않고 눈앞의 벽을 노려보고만 있었다. 그러나 나의 두 손이 팔에서 떨어질 줄을 모르고 오히려 더욱 힘을 가하는 듯하자, 힐끗 나를 뒤돌아보았다. 그녀의 뺨도 발그레해져 있었다.

타는 듯한 내 시선과 마주치자, 그녀의 두 눈이 불안하게 흔들렸다. 그녀는 몹시 당황하는 눈치였다.

잠시, 숨이 막힐 듯한 긴장감이 흘렀다.

그러나 양 선생은 이내 정신을 가다듬고 말했다.

"강 선생, 이러면 못 써요."

그새 차분하게 가라앉은 목소리였다.

나는 좀 민망했다. 그러나 두근거리는 가슴은 좀체 멎질 않았고, 숨결은 자꾸만 더워져 갔다. 이렇게 두 팔만 붙들고 있을 게 아니라 왈칵 뒤에서 껴안아 버릴까, 어쩔까…….

나는 초조히 망설이며 뜨거운 침을 꿀꺽 삼켰다.

그때였다. 킬킬킬, 웃는 소리가 들렸다. 운동장 쪽 창문이었다.

힐끗 돌아보는데, 몇몇 아이들의 얼굴이 잽싸게 창문턱에서 사라졌다. 운동장에서 놀던 아이들이 풍금 소리와 노랫소리에 이끌려 모여들었던 모양이었다.

나는 정신이 번쩍 들어 얼른 양 선생의 팔에서 손을 뗐다.

창피한 생각이 왈칵 몰려들었다. 아이들에게 어선생의 팔을 잡고 있던 모습을 들켜버린 것도 부끄러웠고, 선생이라면서 풍금을 타며 교무실에서 대중가요를 신나게 불러댄 사실도 못 견디게 수치스러웠다.

말 많은 아이들의 입에서 어떤 말이 퍼질지, 슬그머니 걱정이 되기도 했다.

10

아니나 다를까, 학교에는 곧 야릇한 소문이 퍼졌다.

처음 며칠 동안은 아무런 일도 없었다. 그러나 소문은 잔잔한 물결처럼, 아이들의 입에서 입으로 은밀히 퍼져 나가고 있었다. 다만 내가 그것을 알아차리지 못하고 있을 따름이었다.

물론, 소문의 물결은 우리 반에도 밀려와 있었다. 그러나 나는 거기서도 아무런 눈치를 채지 못하고 있었다.

교실에 들어서면 아이들은 여느 때와 다름없이 단정한 얼굴로 나를 맞이했고, 별다른 변화의 징후 같은 것은 보이지 않았다. 간혹 묘한 표정으로 나를 힐끔거리는 아이가 있기는 했다. 그러나 그런 일은 평소에도 흔히 있는 일이었다. 딱히 이상하다고 여길 일은 아니었던 것이다.

그러던 어느 날, 나는 기어이 소문의 꼬리를 잡고야 말았다. 그것이 우연히 이루어진 일인 만큼 내가 받은 충격은 더욱 큰 것이었다.

방과 후였다. 몸이 좀 나른했던 나는 숙직실에 누워 휴식을 취하고 있었다. 나는 목침을 베고 누워 무심히 바깥을 내다보고 있었다. 숙직실 방문에는 발이 쳐져 있어 밖에서는 안이 잘 안 보여도 안에서는 바깥이 훤히 내다보였다.

몸살이 오려는지 팔다리가 나른하고, 몸에 열도 있는 듯했다. 나는 한숨 자고 나면 괜찮겠지 하는 생각을 하며 지그시 눈을 감았다. 그러나 잠도 쉬이 와주질 않았다.

그렇게 눈을 떴다 감았다 하며 잠을 청하던 중이었다. 몽롱하게 와닿는 계집아이들의 목소리를 헤아리던 어느 한 순간, 정신이 확 들며 얼굴에서 핏기가 싹 가시는 듯한 느낌을 받았다.

숙직실 앞 오동나무 그늘에 앉아 공기놀이를 하던 계집아이들이었다.

난데없이 한 아이가 말했다.

"강 선생하고 양 선생하고 연애하는 거 한 번 봤으면 좋겠다."

그러자 아이들이 모두 킬킬 웃기 시작했다.

"일요일에 학교에 나와서 교무실을 지켜보려무나."

"그러면 연애하는 거 볼 수 있을까? 이번 일요일에도 교무실에서 불끈 안을라나?"

"히히히…… 정말 불끈 안았대?"

"그랬대. 둘이 풍금을 치면서 노랠 하다가 강 선생이 양 선생을 뒤에서 불끈 안더라는 거야."

"어머, 히히히…… 그런데 왜 뒤에서 안지? 안으려면 앞에서 안아야 진짜 연애가 되지. 그지?"

“맞아. 앞에서 안아야 입도 맞추고…….”

“하하하…….”

“호호호…….”

나는 처참한 기분으로 가만히 그 계집아이들을 쏘아보기만 했다. 숨도 제대로 쉴 수가 없었고, 나른하던 팔다리도, 온몸에 느껴지던 미열도 순식간에 어디론지 싹 사라져버린 듯했다.

계집아이들이 계속 지껄였다.

“우리 이번 일요일에 정말 학교에 와 볼까?”

“그럴까?”

“그러자.”

“난 도시락을 싸 올란다. 도시락을 싸가지고 와서 하루 종일 지켜볼란다.”

“나도 싸 올게.”

“히히히…… 나도…….”

“나도…….”

가만히 듣고 있을 수가 없었다. 싹 가셨던 핏기가 다시 솟구치며 얼굴이 후끈하게 달아올랐다. 냅다 뛰어나가 모조리 붙들어 꿇어앉히고선 따귀라도 한 대씩 갈겨주고 싶었다.

그러나 나는 꾹 눌러 참았다. 그럴 수는 없는 노릇이었다. 다른 일도 아닌, 바로 나와 양 선생에 관한 소문을 호기심에 차서 쑥덕거리고 있는 터인데, 덮어놓고 화를 내며 불쑥 나타난다면 오히려 우스꽝스러운 꼴이 될 수도 있었다.

나는 우선 숨을 크게 한 번 들이쉬었다. 기지개를 쭉 켠 뒤, 부스스 자리에서 일어나 태연스럽게 발을 들추고 마루로 나갔다.

“아으윽—.”

한숨 자고 일어난 사람처럼 억지 하품과 함께 두 팔을 뻗어 올렸다.

이것들아! 내가 바로 여기 있는 줄을 모르느냐.

아니나 다를까.

“엄마야!”

힐끗 나를 돌아본 계집아이 하나가 기겁을 하며 자리에서 벌떡 일어났다.

“아이고 마!”

“아이고!”

“어메!”

나머지 아이들도 비명을 지르며 후닥닥 일어나더니 정신없이 사방으로 흩어졌다.

아이들이 혼비백산 도망치는 것도 무리는 아니었다. 저희들이 쑥덕거리는 소리를 내가 바로 옆에서 듣고 있을 줄이야 꿈엔들 알았으랴.

나는 도망치는 계집아이들을 착잡한 심정으로 지켜보았다.

다행히 우리 반 아이는 한 명도 없었다. 3, 4학년들인 듯했다. 그렇다고 마음이 놓이는 것도 아니었다. 아이들 사이에 그런 소문이 퍼지고 있다니, 이 일을 어떻게 하면 좋을까. 입맛이 쓰기만 했다.

다음 날 둘째시간이 끝나고서였다. 소변을 보러 변소에 간 나는 또 한 번 몽둥이로 얻어맞은 것 같은 느낌을 받았다.

이번에는 낙서였다. 어떤 녀석이 내갈겼는지 한쪽 벽면에 얼른 눈에 띄는 낙서가 있었다.

안았네, 안았네, 뒤에서 안았네.

그 옆에는 조금 작은 글씨로 쓴 또 다른 낙서가 있었다.

강 선생+양 선생=어린애새끼

나는 가벼운 현기증을 느끼면서도 비식비식 웃음이 흘러나왔다.

어떤 녀석이 했는진 모르지만, 매우 재치가 뛰어난 낙서가 아닐 수 없었다.

'안았네, 안았네, 뒤에서 안았네'도 해학이 넘치는 표현이었고, '강 선생+양 선생=어린애새끼'라는 낙서도 여간 기지가 차 있는 게 아니었다. 나에게 양 선생이 더해지면, 다시 말해서 나와 양 선생이 합쳐지면, 즉 결혼을 하면 어린애새끼가 생긴다는 뜻이 아닌가.

아이들의 낙서에는 대체로 이맛살이 찌푸려지는 원색적이고 상스러운 게 많은 법인데, 이건 썩 멋지다고도 할 수 있는 낙서였다. 만일 그게 내가 아닌 다른 선생을 대상으로 한 낙서였다면, 나는 아주 기가 막히다는 듯 고개를 끄덕이며 웃어댔을 것이다.

그러나 나는 착잡하기만 했다. 바로 나와 양 선생을 놀려대는 낙서인데, 그게 아무리 재치가 있다 한들 기분이 좋을 리가 없었다.

나는 볼일을 보는 동안, 저 낙서를 내 손으로 지울 것인가 어쩔 것인가를 생각했다.

눈앞에 당장 그런 것이 나타났는데, 그냥 못 본 체 방치해 둘 수는 없을 것 같았다. 그렇다고 그걸 내 손으로 쓱쓱 문질러 지운다는 것도 어쩐지 모양 같잖다는 생각이 들었다. 나에 관한 낙서를 내 손으로 지운다는 게 얼마나 멋쩍고 창피한 노릇인가 말이다.

또, 한 번 지워서 끝날 문제라면 모르겠지만, 그런 낙서가 또다시 등장하지 않는다는 보장이 어디 있단 말인가. 근본적인 해결책을 강구해야지 낙서를 지우는 식의 일시적인 방편으로는 도저히 일이 막아지지 않을 것 같아 나는 막막한 느낌이었다.

나는 양 선생과 상의를 해보는 게 좋겠다는 생각을 했다. 양 선생이라고 별 뾰족한 수가 있을까마는, 앓는 것도 둘이 함께 앓으면 좀 나을 게 아닌가 싶었다.

"그래야겠군, 그래야겠어."

그러나 볼일을 마치고 변소를 나오던 나는 거의 무의식중에 낙서 앞에 가서 섰다. 마침 변소에는 아무도 없었다.

나는 얼른 '강 선생+양 선생……'라는 그 낙서의 대가리 쪽, 즉 '강 선생'을 손바닥으로 문질러버렸다. 그리곤 후닥닥 그 자리를 뜨며 시치미를 뗐다. 그러나 얼굴이 화끈 붉어지는 것은 어쩔 수 없었다.

점심시간에 나는 양 선생을 찾아갔다.

양 선생은 아이들이 모두 나가고 없는 호젓한 교실 창가에 앉아 뜨개질을 하고 있었다. 아직도 예의 그 상보였는데, 마무리 단계에 들어가 있는 듯했다.

"양 선생님, 아직 그 상보군요."

"예."

양 선생은 무표정한 얼굴로 뜨개질을 계속했다.

일요일 오후에 교무실에서 그런 일이 있은 뒤로 단둘이 만나기는 처음이었다. 나는 약간 쑥스러웠지만 애써 담담한 어조로 말을 이어 나갔다.

"이제 거의 완성이 되어 가는 것 같군요."

"예."

"뜨개질 솜씨가 보통이 아니신데, 상보 하나 가지고 그렇게 오래 끄세요?"

"예."

양 선생은 그저 기계적으로 대답을 했다.

나는 슬그머니 기분이 언짢아졌다. 곧장 본론으로 들어가는 수밖에 없다고 생각했다.

"양 선생님."

"예?"

양 선생은 내 어조가 좀 바뀐 듯하자 힐끗 나를 쳐다보았다. 손은 여전히 뜨개바늘을 가볍게 놀리고 있었다.

"아이들 사이에 이상한 소문이 돈다는 거 아시나요?"

"……"

"양 선생님과 내가 연애를 한다는 소문이 돌고 있어요."

"……"

“아세요, 모르세요?”

“…….”

양 선생은 묵묵부답이었다. 그렇다고 부끄러워하거나 어색해하는 것도 아니었다. 마치 자기와는 아무런 상관이 없는, 남의 이야기를 듣고 있는 것 같은 표정이었다.

나는 이거 뭐 이래, 싶었다.

“왜 아무 대답이 없어요? 예? 양 선생님.”

“알고 있어요.”

그제야 양 선생은 가만히 입을 열었다.

“어떻게 해야 되죠?”

“…….”

“낙서까지 등장했단 말입니다. 변소에 어떤 녀석이 낙서를 해 놓았는데, 글쎄 뭐 뒤에서 안았네, 안았네 했던가……. 그리고 양 선생하고 나하고 플러스하면 어린애새끼가 된다나요. 허허 허…… 나 참.”

“나도 봤어요.”

“보셨어요? 이 일을 어떻게 하면 좋죠?”

내가 정말 걱정스러운 듯 말하자, 양 선생은 일손을 멈추고 나를 가만히 바라보았다.

“어떻게 하긴 어떻게 해요. 내버려두는 거지. 그게 그렇게 걱정이 돼요?”

그리고는 히죽, 웃기까지 했다.

나는 할 말이 없었다. 양 선생이 그렇게 아무 일도 아니라는 듯이 나올 줄은 미처 몰랐던 것이다.

“연애를 한다 해도 상관없고, 어린애새끼가 된다 해도 상관없어요. 아이들 지껄이는 소리에 뭐 그렇게 신경을 써요. 그런 사실이 없는데 무슨 걱정이냔 말이에요.”

“…….”

“그게 그렇게 걱정이 되면 요전 일요일에 왜 남의 팔을 그렇게 함부로 불끈 잡느냔 말이에요. 겁도 없이…… 아이들이 보고 있는 줄도 모르고…….”

“…….”

“하하하…….”

양 선생은 말문이 막혀 멀뚱히 서 있는 내 표정이 매우 재미있다는 듯 까르르, 웃음을 터뜨렸다.

나도 그만 히히힉, 웃었다. 그렇지만 얼굴이 확 달아올랐다. 이번에는 그녀에게 한 대 화끈하게 얻어맞은 것 같은 느낌이었다.

매사에 자신만만하던 나인데, 양은희 선생과 비교하니 형편없이 소심하고 옹졸하기까지 한 것 같아 못 견디게 부끄러웠다. 그래서 공연히 헛바람이 새는 것 같은 웃음을 터뜨렸던 것이다.

사실과는 거리가 먼 그 소문은 홍연이의 일기에까지 반영되어 있었다.

그 주의 토요일, 나는 홍연이의 일기를 보고 또 한 번 당황하지 않을 수 없었다.

다른 아이들의 일기에는 그 소문에 관한 얘기가 한마디도 나와 있지 않았다. 괜히 그런 말을 썼다가 검사 때 내 눈에 띄면 야단맞을 게 뻔하니 그런 모양이었다.

그러나 그 주의 홍연이 일기는 거의 대부분이 그 소문에 관한 것이었다. 서슴없이 내갈긴 다음과 같은 대목을 읽고, 나는 입이 딱 벌어지지 않을 수 없었다.

선생님이 양은희 선생을 뒤에서 안았다는 게 정말일까. 그 소문이 정말이라면 선생님은 바보야. 바보. 바보. 정말 보기 싫고 밉기만 한 바보 멍텅구리야.

다음 날의 일기에도 그 바보론은 계속되고 있었다.

아무리 생각해도 선생님은 바보 멍텅구린 것 같다. 양은희 선생이 자기보다 훨씬 나이가 많은 노처녀라는 것을 선생님은 모르시는 걸까. 양은희 선생은 스물다섯이라고 한다. 그러나 내가 보기에는 스물일곱 살이나 여덟 살은 틀림없이 된 것 같다. 호적상으로는 스물여섯 살인지 몰라도 실제로는 틀림없이 스물일곱이나 여덟 살일 것이다. 선생님은 스물한 살이니까 여섯 살이나 일곱 살 더 먹었다. 여섯 살이나 일곱 살 더 먹은 여자를 뒤에서 불끈 안다니, 그게 바보지 뭐야. 생각할수록 어처구니가 없고 속이 상해 죽겠다.

어떤 날은 한결 짙게 자기 심정을 드러내놓기도 했다. 다음과 같은 일기를 읽고는 홍연이가 정말 이제 한 사람의 당당한 여자로구나 하는 생각이 들어 새삼 놀라지 않을 수 없었다.

오늘 보니까 양은희 선생이 입술에 루주를 꽤 짙게 칠하고 있었다. 다른 때보다 얼굴에 분도 더 바른 것 같았다. 서른 살이 다 되어가는 노처녀가 화장을 그렇게 짙게 할 게 뭐람. 그렇게 짙게 한다고 더 젊어지나. 정말 꼴불견이었다. 선생님에게 더 예쁘게 보이려고 그러는 게 뻔하다. 자기보다 여섯 살이나 일곱 살 적게 먹은 남자에게 예쁘게 보이려고 하다니, 같잖고 아니꼽다. 설마 여섯 살이나 일곱 살 밑인 선생님하고 결혼을 할 생각은 아니겠지. 결혼은 자기보다 서너 살 위의 남자와 하는 것이 마땅하지, 열 살 가까이나 아래의 남자와 하다니 말도 안 되지. 선생님도 그 점은 잘 아시고 계시겠지. 설마 여섯 살이나 일곱 살 더 먹은 양은희 선생과 결혼을 할 생각은 조금도 없으시겠지. 그런 바보는 정말 아니실 거야. 좌우간 양은희 선생의 화장을 짙게 한 얼굴을 보니 나는 오늘 하루 종일 기분이 나빴다. 양은희 선생이 왜 우리 학교로 전근을 와서 야단일까. 서른 살이 다 되도록 시집도 안 가고서 말이다. 보기 싫게…….

나는 양 선생에게 홍연이의 이 일기를 보여주고 싶은 충동을 느꼈다. 그냥 혼자서만 읽고 덮어버리기에는 어쩐지 아쉬움이 컸다. 국민학교 5학년생이 벌써 이렇게 짙은 질투의 감정을 가지게 되다니, 더구나 다른 사람도 아닌 바로 자기 학교의 여선생에 대해서 말이다. 정말 보통 일이 아니었다.

그러나 그것을 양 선생에게 보여줄 수는 없는 일이었다. 교육적으로도 안 될 뿐 아니라, 교육이라는 것을 떠나서도 나 자신의 입장이 매우 우습게 될 게 뻔하기 때문이었다.

조금 아쉽고 안타깝긴 했지만 그저 혼자서 고개를 끄덕이며 놀라움을 추스를 수밖에 없었다. 일기 끝에는 아무런 말도 적지 않았다. '검'자만을 커다랗게 표시했을 뿐이었다.

아니 땐 굴뚝엔 연기가 나지 않는 법이다.

실제로 양 선생과 나 사이엔 별로 땐 것이 없었기에 조금 나부껴 오르던 연기는 곧 희미하게 사라져버리고 말았다.

아이들로서는 싱겁게 되었다. 계속 타는 것이 있어 연기가 무럭무럭 피어올랐더라면 재미가 좋았을 텐데 말이다. 그랬더라면 홍연이는 바짝바짝 더 약이 올랐을 것이고.

소문은 가라앉았고, 낙서는 사라졌다. 홍연이의 일기에서도 질투의 감정은 더 이상 나타나지 않았다.

그러나 내 가슴속 설렘이라 할까, 양 선생을 향한 야릇한 뜨거움은 결코 가라앉지가 않았다. 그것은 오히려 은밀하게나마 그 농도가 더 짙어지는 듯했다.

마음을 가눌 길 없어, 나는 밤에도 이리저리 뒤척이며 잠을 못 이루었고, 때로 열기를 머금은 감미로운 신음을 토하기도 했다.

그러나 나는 소심한 사내임에 틀림없었다. 나의 이 터질 것 같은 설렘을 양 선생 앞에 쏟아놓을 용기가 나지 않았다. 뒤에서 팔을 덥석 잡았던 것처럼, 한 걸음 더 나아가 가슴을 불끈 안아버릴 수도 있을 텐데, 좀체 그런 엄두가 나질 않는 것이었다.

잠시 동안이나마 아이들 사이에 퍼졌던 소문과 낙서를 생각하면 절로 고개가 움츠러들었다. 심리적으로 은근히 큰 충격이었던 것이다. 다시 한 번 그런 소문이 고개를 쳐든다면, 이번에는 정말 감당할 수가 없을 것 같았다. 말하자면 속으로는 점점 더 열도를 더해 가면서도 겉은 오히려 싸늘하고도 단단한 껍질에 휩싸이는, 그런 상태라고나 할까.

그러나 제 아무리 단단한 껍질이라 하더라도 속에서 열기를 더해가는 그 시뻘건 덩어리를 언제까지나 감싸고 있을 수는 없는 법이다. 언젠가는 껍질을 터지며 뜨거운 덩어리가 분출되게 마련인 것이다.

나는 그 시기를 가을이라고 생각했다.

가을바람이 불어오면 나는 묘하게 기분이 흔들린다. 쓸쓸하고 허전하고, 야릇한 외로움이 심란하게 가슴속을 파고드는 것이었다. 살짝 어떻게 된 것처럼 마음이 살랑살랑해지기까지 했다. 그 짙은 외로움을 견뎌내기가 몹시도 힘이 드는 것이었다. 그래서 공연히 휘파람을 불어대거나 쓸쓸한 노래를 뽑아내곤 했으며, 냅다 술을 마셔대기도 한다.

봄이 여자의 마음을 흔드는 계절이라면 가을은 남자의 마음을 흔드는 계절이다.

내가 처음으로 연애편지라는 것을 써본 것도 가을이었다. 학생 시절, 한 학년 밑의 어떤 여학생에게 연정을 품어오던 나는 가을바람과 함께 마침내 행동을 개시했다.

……나는 그대를 내 목숨보다도 더 사랑합니다. 진정입니다. 그대를 향한 그리움은 이미 지난봄에 싹텄습니다만, 그동안 내 이 그리움이 진실인지 아닌지를 두고두고 가늠해 보았던 것입니다. 이제 추호도 거짓이 없는 진실이라는 것

을 확인하고서 가을 밤하늘의 별에 맹세를 하며 이 글을 쓰
오니, 사랑하는 그대여, 부디 나의 이 뜨거운 마음을 받아
주소서…….

하숙방 아랫목에 배를 깔고 엎드려 이런 식의 연서를 밤이 이
슥토록, 코에서 단내가 솔솔 흘러나오도록, 열을 올려가며 길게
썼다.

이튿날부터는 가슴에 편지를 품고 그녀의 집 근처를 서성거
렸다. 그리고 나흘째 되던 날, 마침내 나는 그녀가 혼자 등교하
는 기회를 포착하여 그 편지를 전했다.

그것이 나의 첫사랑이었다. 그러나 일이 열매를 맺지 못하고
덧없이 망가지고 말았으니, 첫사랑이라기보다는 첫 짝사랑이라
고나 하는 편이 옳을 것이다.

아무튼, 내가 처음으로 사랑의 열병을 앓았던 때가 열일곱 살
의 가을이었다. 그런데 스물한 살의 이 가을, 내 가슴은 또다시
폭발할 듯 뜨거운 열기에 휩싸이고 있었다.

학생들의 입이 두렵고, 연상의 여자라는 남부끄러움이 있다지
만, 야릇하게 심장을 쓸어대는 가을바람이 불어오기만 한다면,
그 모든 것들은 절로 낙엽처럼 흩날려 버리고, 화끈한 용기가
불끈 고개를 쳐들 것 같았다.

학생들의 입 따위, 남들의 눈 따위는 아랑곳없이, 뜨겁게 내닫
는 한 마리 짐승처럼 될 것 같았다.

그러나 그해 가을은 내게 가슴 터지는 기쁨이 아닌, 한없는 우
수만을 가져다주었다. 나는 가을이 무르익기도 전에 잎사귀 한

잎 남기지 않고 헐벗겨지고 만 나목처럼, 초라하고 처량한 꼴이
되고 말았다.

*11*

여름방학이 끝나고 다시 학교가 시작되었을 때, 양은희 선생은 한결 화사하고 싱싱한 얼굴로 고향에서 돌아왔다. 여름방학 동안 고향집에서 잘 쉬었기 때문인지, 아니면 더위가 물러가고 서서히 가을이 다가오고 있기 때문인지, 양 선생은 그전보다 훨씬 건강해 보였고 표정도 밝아진 듯했다. 어쩐지 그 눈빛까지도 한결 맑고 빛나 보였다.

그런 양 선생을 대하는 나는 맥없이 즐겁기만 했다. 혼자서 은밀히 가슴을 두근거리며 침을 꿀꺽 삼키기도 했다. 가을바람은 아직 제대로 불어오고 있진 않았으나, 가슴속에 도사린 야릇한 덩어리가 서서히 꿈틀거리기 시작하는 것이었다.

나는 밤이면 혼자 하숙집 마루 끝에 나와 앉아 차츰 빛이 선명해지는 듯한 달을 바라보며, 양 선생에게 어떤 식으로 사랑의 고백을 하는 것이 좋을지를 생각했다.

편지를 쓰는 방법이 있었고, 만나서 직접 털어놓는 방법이 있었다. 두 가지 가운데 어느 방법이 좋을까.

이미 어느 정도는 내 감정이 전달되었다고도 볼 수 있었다. 지난여름, 양팔을 잡고 쉬이 놓지 않았던 내 두 손에서 흐르던 뜨거운 열기의 의미를 양 선생이 전혀 모르고 있다고는 생각되지 않았다. 내가 그녀에게 이성으로서, 어떤 야릇한 감정을 느끼고 있다는 것을 그녀도 충분히 알고 있을 것이었다.

그렇다면 새삼스레 편지 같은 것을 쓸 일이 아니었다. 직접 만나서 모든 것을 털어놓아야 하는 것이다.

'나는 양 선생님을 사랑하지 않고는 못 배기겠어요.'

이런 식으로 거침없이 쏟아놓는 게 남자다운 행동일 것이다.

그러나 아무래도 그 방법은 문제가 있을 듯했다. 그녀가 나의 고백을 진지하게 받아들여 얼굴을 붉히거나 하지는 않을 것으로 여겨졌다. 그녀의 성격으로 보건대, 아마도 대뜸 가볍게 웃어 버리고나 말 것이다.

'누님 같은 사람에게 그런 말을 하다니, 못써요.'

동생 취급을 하며 살짝 흘긴 눈으로 타이르려 들 것이었다.

그렇게 된다면, 분위기가 팍 식어버리고 우습게 될 게 아닌가 말이다.

또한 내 성격으로 봐서도 그런 식으로 나가는 것보다는 편지를 쓰는 편이 훨씬 나을 것 같았다.

결국 편지를 쓰기로 했다. 두 번째로 쓰는 연애편지인 셈이었다.

그런데 편지를 어떤 문구로 시작할 것인가가 고민이었다. 나는 학교나 하숙집에서, 어디에 있든 한가하기만 하면 곧잘 그 생각에 몰두했다.

'양 선생님, 저는 당신을 너무너무 사랑하고 있어요. 정말이에요.'

이렇게 불쑥 내밀듯이 시작할 것인가.

'낙엽이 지는 계절이 다가왔습니다. 제가 마음 설레는 계절이지요. 이 가을에 저는 한 가지 커다란 기쁨을 성취하려고 생각하고 있어요. 양 선생님, 그게 무언지 아시겠어요?'

이런 식으로 서서히 부드럽게 본론으로 들어갈 것인가.

아니면, 시적인 문장을 써서 가슴속으로 스며들어가듯 할 수도 있었다.

'가을. 저는 이 가을에 한 잎 낙엽이 되려고 해요. 낙엽이 되어 양 선생님 그대의 마음속 그윽한 호수 위에 나부껴 떨어질까 하지요. 그러면 그대의 호수에는 파문이 일겠지요. 그 파문은 아름다운 분홍빛일 거예요.'

나는 낙서를 하듯, 갖가지 문장을 적고 또 적어보며 편지의 첫머리에 대한 구상을 익혀갔다.

그렇게 서서히 연정이 달아오르고 있던 어느 날이었다.

둘째 시간을 마치고 교무실로 돌아가니, 양 선생이 교장 선생과 마주 앉아 무슨 이야기인가를 나누고 있었다.

"무슨 일이죠?"

얼른 보아도 그냥 사무적인 이야기는 아닌 듯해서 곁의 다른 선생님에게 물어보았다.

"글쎄…… 무슨 일이 있는 것 같은데……."

다른 선생님들도 잘 모르고 있었다.

나는 몹시 궁금했지만 섣불리 끼어들 수는 없었다. 그저 내 자리로 돌아가 두 사람을 힐끔거리며 살필 뿐이었다.

내 자리에서는 양 선생의 뒷모습만 보였다. 마주 앉은 교장 선생의 얼굴에서도 대화의 내용을 짐작할 수 있을 만한 표정은 떠오르지 않았다.

잠시 후, 자리에서 일어난 양 선생은 조용하고 담담한 얼굴로 교무실을 나갔다. 교실로 돌아가는 모양이었다.

그런데 교무실을 걸어 나가는 양 선생의 모습이 여느 때와는 달라 보였다. 조금은 어색해하는 것 같았고, 어쩐지 수줍어하는 듯한 기색도 느껴졌다.

나는 의아한 눈길을 들어 교장 선생을 바라보았다.

"양 선생이 결혼을 한다는군."

교장 선생은 자리에 가만히 앉은 채 얼굴에 은은한 미소를 떠올리며 입을 열었다.

교장 선생은 혼자 중얼거리듯 한 말이었지만, 나는 그만 핑, 현기증이 느껴졌고 눈앞이 노랗게 흔들렸다.

양은희 선생이 결혼을 한다?

정말 예기치 않은 일이었다. 나는 어이가 없었다.

도대체 양 선생이 언제 결혼을 하기로 마음을 먹었단 말인가. 불과 얼마 전, 방학 전에 봤을 때만 해도, 양 선생에게는 그런 기미조차 없지 않았던가.

그런데 방학을 마치고 돌아오자마자 결혼을 한다니……, 그렇다면 방학 중에 그런 결정을 내렸다는 말인가.

학교에 와서 교장 선생에게 알릴 정도면 이미 날짜까지 정해진 모양이었다.

나는 온몸을 감싸는 부끄러움에 고개를 들 수조차 없었다. 그런 줄도 모르고 연애편지의 첫머리를 고민하며 달착지근한 생각에 도취되어 온 나 자신이 우습고 모양 같잖기만 했다. 헛다리를 긁어도 분수가 있지, 상대방은 나에 대해서는 전혀 관심도 없이 딴 남자의 아내가 되려 하고 있는데, 혼자서 백일몽을 꾼 셈이 아닌가 말이다.

나는 허어, 웃음이 나오는 것을 어쩌지 못했다. 마치 팽팽하게 부풀어 올라 있던 가슴에서 푸우, 소리를 내며 김이 빠져나가 버리는 듯한 느낌이었다.

아직 연애편지를 쓰지 않길 잘했지, 전달하지 않길 잘했지 하는 생각이 들기도 했다. 이미 결혼을 하기로 결정한 여자에게 연애편지를 내밀었더라면 어쩔 뻔했는가.

'강 선생, 이런 것 나한테 주면 못써요. 누님 같은 사람에게 연애편질 쓰다니…… 될 말이에요? 그리고 미안하지만 강 선생, 난 곧 결혼한단 말이에요. 알겠어요?'

그녀는 아마도 이런 투의 말을 하며 재미있다는 듯이 호호호 웃음을 터뜨렸을 것이다.

생각만으로도 얼굴이 빨개질 일이 아닐 수 없었다.

그러고 보면 그녀에 대한 애정이 그다지 깊은 게 아닌 모양이었다. 가슴속에 품어온 연정이 물거품으로 변해 버리게 됐는데도, 그저 내 체면만을 앞세우고 있지 않은가.

깊디깊은 사랑이라면 그럴 수는 없는 일이었다. 오히려 체면 같은 건 저 멀리 내던져 버리고, 마지막 단판이라도 하듯 불같이 덤벼들어야 할 게 아닌가.

'안 됩니다. 양 선생님, 절대로 나는 당신을 다른 남자에게 빼앗길 수 없습니다. 정말입니다. 당신은 내 것입니다. 오래 전부터 나는 당신을 내 사람으로 결정하고 있었단 말입니다. 알겠어요? 누님 같으면 어때요? 사랑에 나이가 무슨 상관이란 말이에요. 사랑에는 국경도 없다는데, 여자가 나이 몇 살 많다고 그게 무슨 상관이냔 말입니까. 안 그래요? 양 선생님, 대답해 보세요.

이런 식으로 마구 뜨겁게 내뱉으면서 말이다.

그러나 나는 양 선생에게 내 진정을 털어놓을 기회를 영영 놓쳐 버리고 말았다. 아니, 딱 한 번 기회가 있긴 했다. 하지만 그때 나는 내 가슴속에서 불같이 타오르던 말이 아닌, 그와는 정반대되는 말을 하고 말았다.


양 선생이 결혼을 위해 학교에 휴가원을 낸 날이었다. 내일이면 양 선생이 결혼식을 올리기 위해 고향으로 내려가기로 되어 있었다.

나는 혼자서 터벅터벅 운동장을 지나 정문 쪽으로 걸어가고 있었다.

하숙으로 돌아가고 있던 것은 아니었다. 오늘은 면소재지로 나가 혼자서라도 술을 좀 마셔야겠다는 생각을 하고 있었다. 맨 정신으로는 도저히 하숙집에 돌아가 잠을 잘 수 없을 것 같았다.

나는 술을 꽤 마시는 편이었다. 그러나 동료 선생님들과 어울리는 자리에서나 마시지, 결코 혼자서 술을 마시는 일은 없었다. 그런데 그날은 혼자서 터벅터벅 술집을 찾아가고 있었다. 동료 선생님들과 어울리고 싶지도 않았다. 기분이 뒤숭숭한데다, 쓸쓸하고 이상하기만 해서 혼자서 실컷 취하고 싶었던 것이다.

술집이 있는 면소재지 마을은 학교에서 조금 떨어진 곳에 있었다.

교문을 나서 면소재지 마을을 향해 방향을 잡는데, 누군가 잰걸음으로 뒤따라오는 기색이 느껴졌다. 힐끗 돌아보니 양 선생이었다.

"어딜 가시느라 이쪽으로……?"

양 선생은 미소를 띠며 얼른 가까이 다가왔다. 양 선생도 마침 그때 퇴근을 한 모양이었다. 양 선생이 자취를 하며 살고 있는 집은 면소재지 마을에 있었다.

"좀 볼일이 있어서요."

나는 술집으로요! 하고 불쑥 내뱉어주고 싶었으나, 어찌된 셈인지 그 말은 나오지도 않았다. 하지만 혼자서 술을 마시는 것도 볼일은 볼일이었다.

양 선생과 나는 큰길을 따라 나란히 걷기 시작했다. 잠시 두 사람 사이엔 아무 말도 없었다.

나는 아무래도 내가 먼저 뭐라고 한마디 해야 될 것 같은 생각이 들었다. 그녀가 결혼을 하기 위해 내일 귀향한다는 것을 알고 있는데, 아무런 말도 하지 않는다는 것은 좀 이상할 것 같았다.

그러나 나는 무슨 말을 해야 할지 몰라 속으로 우물쭈물 망설이고만 있었다. 양 선생은 결혼을 앞둔 여자의 수줍음이라 할까, 정숙함이라 할까, 그런 것 때문에 먼저 입을 열고 싶지는 않은 것 같았다.

그러나 양 선생도 두 사람 사이에 흐르는 침묵이 몹시 불편하고 어색한 모양이었다.

"이제 가을이군요."

혼자 중얼거리듯 말했다.

나는 왠지 피식, 웃음이 나왔다. 그리고는 나도 모르게 불쑥 내뱉고 말았다.

"양 선생님은 좋겠군요."

"……."

그녀는 힐끗 나를 바라보았다. 그런데 아무리 누님뻘 되는 나이라고는 하지만 역시 여자는 여자였다. 양 선생의 두 눈언저리에 수줍은 미소가 살짝 떠오르는 것이었다.

"결혼하신다지요?"

나는 뚱딴지같이 내뱉었다.

"호호호……."

양 선생은 이제야 불쑥 그런 소릴 하는 내가 재미있는 모양이었다.

잠시 또 침묵이 흘렀다. 나는 앞서 바보같이 내뱉은 말에 이을 뒷말을 찾지 못해 끙끙거리고 있었고, 양 선생은 양 선생대로 할 말을 고르고 있는 듯했다.

이윽고 그녀는 마치 남의 얘기하듯, 담담한 어조로 이야기를 했다.

"금년 가을에 결혼할 생각은 전혀 없었어요. 이삼 년 더 있다가 하려고 했는데, 방학 때 집에 갔더니 좋은 자리가 나섰다면서 기어이 선을 보라지 않겠어요."

"……."

나는 가만히 듣고 있는 수밖에 없었다.

"어머니가 어찌나 성환지, 그 등쌀에 못 이겨서 하는 수 없이 맞선을 봤지요. 어차피 해야 할 결혼이니까, 까짓것 어머니 맘대로 결정하시라고 맡겨버렸더니 글쎄, 좋다구나 하고 결혼 날짜까지 받아버리지 않겠어요. 호호호……."

양 선생의 그 말에 나는 강한 반발을 느꼈다. 결혼이라는 문제를 그런 식으로 간단히 처리해버리다니…….

'안 됩니다. 지금이라도 늦지 않으니 취소를 하세요. 일생일대의 중대사를 그렇게 장난처럼 아무렇게나 결정해버리다니 될 말입니까?

이렇게 내뱉고 싶은 충동이 꿈틀거렸다. 그러나 어찌된 셈인지 목구멍이 콱 막힌 듯 가슴이 울렁거리기만 할 뿐 그 말이 나오지 않았다.

"결혼을 하기는 하지만 기쁜 줄도 모르겠고. 그저 그래요. 결혼을 하면 여자는 고생길로 들어서는 거죠. 별수 있겠어요. 처녀 시절이 좋지……."

마치 결혼생활을 할대로 해본, 인생에 통달한 사람처럼 말하는 것이 좀 같잖다 싶어 나는 픽 웃었다.

"그럼 뭐 하러 결혼을 해요. 처녀로 혼자 살지……."

"처녀로 언제까지나 혼자 살 수도 없는 일이고…… 결국 고생길이라는 것을 알면서도 그 길로 발을 들여놓지 않을 수 없는 게 인생 아니겠어요."

아닌 게 아니라 제법 인생을 아는 사람 같은 말투여서 나는 힐끗 그녀를 바라보았다.

그녀의 표정은 부드럽고 담담했다. 그러나 어딘지 모르게 정말 무슨 체념을 한 사람 같은 그런 쓸쓸함이 흐르고 있는 듯도 했다.

그 표정에서 나는 문득 이 여자가 실연을 한 일이 있구나 하는 생각을 했다. 지극하게 어떤 한 남자를 사랑했지만, 그 사랑을 이루지 못한 슬픈 경험이 있는 여자인 것만 같았다. 아마도 틀림없을 것이다.

그녀가 한 말로 미루어 보아서도 그렇지 않은가. 맞선을 보고서 아무렇게나 어머니에게 그 결정을 일임했다든지, 결혼을 하기는 하지만 기쁜 줄도 모르겠다든지, 결혼을 하면 여자는 고생길로 들어서는 것이지 별수 있겠느냐고 한 말이 다 그래서 나온 것이 아니겠는가.

나는 어쩐지 목구멍이 턱, 막히는 듯했다. 와락, 그녀를 안고서 울어버리고 싶은 심정이었다.

그러나 어느덧 우리는 면소재지 마을에 당도해 있었고, 그녀가 자취하는 집 골목이 다가오고 있었다.

그녀는 골목으로 들어서며,

"그럼, 강 선생……."

골목을 들어서던 양 선생이 말끝을 흐리며 묘한 웃음을 지어 보였다.

나는 그만 두 눈에 핑, 눈물이 어리는 것을 어쩌지 못했다.

"잘 다녀오세요. 행복을 빕니다."

억지로 웃음을 지어 보이기는 했지만, 마치 목이 메는 듯한 목
소리였고, 눈앞은 뿌우옇게 흐려지고 있었다.

나는 그날 정신이 가물가물해질 지경으로 술을 마셨다.

12

　결혼식을 올리고 돌아온 양 선생은 곧 사표를 내고 영영 학교를 떠나가 버리고 말았다. 신랑이 도청 무슨 과에 근무하고 있는데, 살림을 하러 따라가야 된다는 것이었다.

　부임한지 반년도 못 되어 결혼을 하고서 그렇게 훌쩍 떠나가 버리자, 선생들은 싱거운 여자라고 빈정거리기도 했다.

　나 역시 그런 생각이 조금 들었다. 그러나 나는 그녀가 결혼을 해버렸는데도 여전히 쓸쓸했고, 가슴이 허전하기만 했다. 결혼을 했어도 좋으니, 남의 사람이 되어 버렸어도 상관없으니, 학교를 떠나지 말고 그대로 있어 주었으면 싶었다.

　나의 그런 안타깝고 허망한 생각과는 정반대로, 양 선생이 짐을 싸가지고 훌쩍 떠나가 버린 것을 몹시 기뻐하는 사람이 하나 있었다. 물론 그것은 홍연이었다.

　홍연이는 일기에 다음과 같이 적고 있었다.

양 선생님이 사표를 내셨다는 말을 듣고 나는 어찌나 기쁜
지 야! 하고 손뼉을 치고 싶었다. 그러나 아이들이 이상하
게 생각할 것 같아 손뼉은 치지 않고 싱글싱글 웃기만 했
다. 양 선생님은 참 잘 생각하셨다. 결혼을 하면 여자는 남
편을 따라가서 살림을 하는 게 옳은 일이다. 나는 기분이
좋아서 오늘 청소시간에 혼자서 물을 세 양동이나 길어다
가 열심히 교실을 닦고 또 닦고 했다. 남숙이가,
"너 오늘 왜 이렇게 부지런을 떠니? 별일이야."
하면서 웃었다. 나는 이 일기를 쓰는 지금도 기분이 좋기만
하다.

오늘 조회 때 양 선생님이 우리들에게 작별인사를 하셨다.
다른 아이들은 좀 섭섭한 모양이었으나, 나는 기쁘기만 했
다. 선생님의 표정을 보니 좀 화가 나신 것 같았다. 양 선생
님이 결혼을 해서 떠나가시는데 선생님이 그런 표정을 지
으실 게 뭐람. 나는 속으로 우습기만 했다. 양 선생님은 참
좋으신 분이다. 남편과 함께 살림도 잘 하실 것이다. 양 선
생님의 행복을 빈다.

나는 피식, 웃지 않을 수 없었다. 홍연이의 심리가 눈에 보이
는 듯했다.
그런데 그 심리가 어쩐지 약간 얄밉게 생각되는 게 아닌가. 아
직 복숭아털도 덜 가신 여학생이 무르익은 수밀도 같은 여선생

과 겨루려 들다니, 그래서 마치 제가 승리자라도 된 듯이 양 선생을 칭찬까지 하며 행복을 빌다니…… 같잖다 싶었다.

여느 때 같으면 홍연이에 대해 그런 생각이 들리는 만무한데, 그때는 이상하게도 심사가 그렇게 슬그머니 비뚤어지는 것이었다. 그만큼 나는 양 선생이 떠나간 데 대해 상심해 있었던 것이다.

나는 한참 동안이나 그런 안타깝고 허망하고 쓸쓸한 기분에서 벗어날 수가 없었다. 말하자면 나는 두 번째의 실연을 한 셈이었다. 상대방에게 사랑의 고백을 한 게 아니니 실연이랄 것도 없지만, 좌우간 이루지 못한 짝사랑임에는 틀림없었다.

학생 시절의 첫 번째 사랑도 연애편지만 전달했지 결국 불발로 끝나고 말았는데, 이번에도 또 그렇게 되다니……. 어쩐지 내가 짝사랑만 하게 마련인 머저리 같은 녀석인 듯해서 입맛이 썼고, 창피한 생각이 들기도 했다.

어쨌든 나는 그해 가을, 흩날리는 낙엽을 바라보며 아— 오— 하는 식의 비련의 시를 많이 썼다. 그리고 겨울방학 때는 단편소설을 한 편 썼다. 내가 처음으로 써본 소설이었다. 물론 양은희 선생과 나 자신을 모델로 해서였다.

열렬한 사랑을 하다가 실연을 한 과거가 있는 여선생이 있었는데, 연하의 남선생이 남몰래 흠모의 정을 품고 있었다. 여선생은 남선생의 애정을 잘 알고 있었지만, 모르는 체 동생처럼만 대했다. 어느 날 여선생은 결혼 발표를 하고 마침내 학교를 떠나는데, 그녀가 산모롱이를 돌아 사라져 갈 때 어디선지 뻐꾸기 우는 소리가 구슬픈 메아리를 이루며 들려온다.

그런 내용이었다. 그러니까 사실과 거의 비슷한 소설이었다.

나는 마지막 뻐꾸기 우는 소리가 들려오는 대목을 쓸 때는 원고지 위에 엎드려 눈시울을 적시기도 했다.

작품으로서는 연약하고 미숙한 것이었으나, 나로서는 아끼고 싶은 습작이었다. 제목은 「메아리」라고 붙였다.

그런데 신기한 것은 아— 오— 하고 슬픔을 토해놓듯 비련의 시를 쓸 때는 오히려 우수가 더 짙어지는 것 같았는데, 한 편의 소설을 완성시키고 나니 마치 가슴속의 비애를 온통 내쏟아버린 듯한 개운함과 후련함이 느껴지는 게 아닌가.

그래서 그런지 길고 추운 겨울방학이 끝나고, 다시 교단에 섰을 때, 나는 싱싱한 기분으로 되돌아와 있었다. 이제 한 살 더 먹어 스물두 살이 된 싱싱한 교사로 말이다.

13

졸업식 날이 다가오고 있었다.

아직 먼 산에는 눈이 희끗희끗 남아 있고, 바람결도 쌀쌀했으나, 어딘지 모르게 봄기운이 어리고 있는 듯이 느껴졌다. 그런 느낌은 햇볕에서 오는 듯했다. 햇볕이 어쩐지 하루하루 더 화사해지는 듯했고, 조금씩 두꺼워지는 것도 같았다. 그리고 한낮이면 저만큼 산모롱이나 둔덕 같은 양지바른 곳에 아른아른 아지랑이가 어리는 듯이 보이기도 했다.

"아, 이제 곧 봄이로구나."

나는 교실 창밖으로 봄기운이 어리는 듯한 풍경을 내다보며 가슴이 뿌듯하게 부풀어 오르는 듯해서 커다랗게 기지개를 켜곤 했다.

그런 부풀어 오르는 듯한 기분을 더욱 흔들어대는 것은 졸업식 노래였다. 이 교실 저 교실에서 곧잘 졸업식 노래가 울려 퍼졌다. 음악시간이면 다투어 연습들을 해대는 것이었다.

어느 날 오후, 음악시간에 우리 학급도 졸업식 노래를 연습했다. 이미 모두 입에 익어 있는 노래이기는 했지만, 음정이나 발성에 바로잡아야 할 점이 더러 있어 그 시간은 졸업식 노래로써 수업을 일관했다.

졸업식 노래는 곡이 부드럽고 유창하면서도 어딘지 모르게 쓸쓸하고 구슬프기까지 한 그런 감정을 불러일으키게 마련이다. 학교를 떠나는 졸업생과 그들을 보내는 재학생 사이의 이별의 노래이니 그럴 수밖에…….

물려받은 책으로 공부를 하며,
우리는 언니 뒤를 따르렵니다.

잘 있거라 아우들아 정든 교실아,
선생님 저희들은 물러갑니다.

냇물이 바다에서 서로 만나듯,
우리들도 이다음에 다시 만나세.

이런 대목은 특히 가슴이 뭉클하게 젖어드는 듯한 느낌이었다.

그 시간은 교실 안이 온통 그런 뭉클하면서도 쓸쓸한 분위기에 휩싸여 있었다.

"자, 너희들도 일 년 후면 학교를 떠나게 되는구나."

수업이 끝나자 풍금 앞에서 일어서며 나는 약간 정감 어린 어조로 입을 열었다.

아이들은 모두 말없이 나를 바라보고 있었다.

그러나 아이들의 눈빛은 어딘지 모르게 조금 축축한 열기를 머금고 있는 듯이 느껴졌다.

나는 천천히 교단 위로 올라섰다. 그리고 말을 이었다.

"졸업을 한 뒤에도 너희들 나를 만나면 반가이 인사를 하겠느냐?"

"예."

아이들은 무슨 그런 질문이 다 있느냐는 듯한 표정이었다.

"졸업을 하고 나면 선생님을 봐도 못 본 척 슬슬 피해버리거나, 얼른 숨어버리는 그런 사람이 없지 않거든. 너희들 중에도 그런 사람이 있을지 누가 알아?"

나는 약간 농담조로 말하며 웃었다.

"없어요."

"그러지 않아요."

"말도 안 돼요."

아이들은 떠들썩하게 항의를 하듯 소리를 질렀다.

"지금은 모두 그렇게 큰소리를 치지만, 어디 두고 보자구. 특히 여학생들은 믿을 수가 없거든. 선생님을 보면 부끄러워서도 숨어버리는 사람이 많을 거야."

"안 그래요."

"안 부끄러워요."

여학생들이 목소리를 높여 떠들어댔다.

나는 어쩐지 재미있다는 생각이 들어 여학생들에게만 다시 질문을 던졌다.

"그럼 너희들 시집을 간 뒤에도 선생님을 만나면 인사를 하겠어?"

"예."

그리고 여학생들은 더러 킬킬킬 웃기도 했다. 시집을 간 뒤라는 말이 공연히 부끄럽고 재미있는 모양이었다.

"십 년 이십 년이 지난 뒤에도……?"

"예."

"삼십 년이 지난 뒤에 만나도 선생님을 알아볼 수 있을까? 그때는 선생님이 희끗희끗 노인이 되어가고 있을 텐데……."

"알아볼 수 있어요."

"그때는 너희들도 서서히 할머니가 되어가고 있을 게 아니냐. 허허허…… 그래도 인사를 하겠어?"

"해요."

여학생들은 대답을 하고서, 서서히 할머니가 되어가고라는 말이 우습고 재미있는 듯 서로 수군거리며 킬킬 웃어댔다.

모두가 그렇게 웃는 얼굴이었으나 오직 한 사람, 가만히 고개를 숙이고 앉아 있는 여학생이 있었다. 그것은 홍연이었다.

무슨 생각에 골똘히 잠겨 있는 듯한 그 애의 고개 숙인 모습이 눈에 들어오자 나는 속으로 흠— 싶었다. 다른 학생들처럼 나의 말이 그저 재미있기만 한 것이 아닌 게 틀림없어 보였다. 어쩌면 어떤 슬픔에 젖어 있는 것인지도 알 수 없었다. 어쩐지 그 애의 착 가라앉은 듯한 고개 숙인 모습이 그렇게 느끼게 했다.

그러나 나는 모르는 체하고 큰소리로 말했다.

“그래, 좋아. 이십 년 후에 만나도 인사를 하고, 삼십 년 후에 만나도 알아보는지 어디 한번 두고 보자구. 자, 그럼 이 시간은 이것으로 그만.”

다음 시간은 그날 마지막 수업이었다.

수업 시작종이 울려 교실로 들어가자, 어쩐지 분위기가 좀 수런거리는 듯한 느낌이었다. 여느 때 같으면 교실 문을 열고 내가 들어서면 떠들썩하다가도 곧 물을 끼얹은 듯 조용해지는데 말이다.

“조용히들 해!”

내가 교단 위에 올라서자 반장인 남숙이가 아이들을 둘러보며 소리를 질렀다.

“차렷! 경례.”

경례를 하고 난 다음에도 웬일인지 분위기가 조용히 가라앉질 않는 듯했다. 서로 힐끗힐끗 바라보며 수군거리기도 하고, 호기심 어린 시선으로 나를 쳐다보기도 하는 것이었다.

“무슨 일이야? 왜들 조용히 하질 못하지?”

나는 무뚝뚝하게 내뱉었다.

그러자 남숙이가 자리에서 일어서더니 좀 난처한 얼굴로 말했다.

“선생님, 저…… 홍연이가 울고 있습니다. 교실에 들어오질 않고…….”

“울고 있다니, 왜?”

힐끗 홍연이의 좌석을 보니 비어 있었다.

“모르겠습니다. 농기구 창고 뒤에 앉아서 울고 있는데, 왜 우느냐고 물어도 대답을 안 해요."

"어디가 아픈 모양인가?"

"아프진 않은 것 같아요."

"그럼 왜 울고 있지?"

"교실에 들어가자고 해도 듣질 않고 울기만 해요."

"무슨 일이지?"

나는 홍연이가 울고 있다는 숙직실 옆에 있는 농기구 창고 뒤로 가볼까 했다. 그러나 선생이 그런 일로 수업을 젖혀두고 달려 나간다는 게 좀 뭣한 느낌이었다.

"네가 가서 얼른 들어오라고 해! 수업 시작종이 울렸는데 교실에 들어오질 않고 울고 있다니……. 선생님이 화를 내더라고 그래!"

남숙이가 나가자 나는 수업을 시작했다.

잠시 후 남숙이가 앞서고 홍연이가 뒤따라 교실로 들어왔다. 홍연이는 얼른 보아도 두 눈이 약간 부은 것 같았고 아직도 언저리가 눈물에 젖은 듯이 보였다. 마치 무슨 큰 잘못이라도 저지른 것처럼 고개를 푹 숙이고서 몹시 쑥스러운 듯한 몸짓을 하며 얼른 자기 자리로 들어가는 것이었다.

"홍연이, 왜 울었어?"

나는 불쑥 물었다.

그러나 그 애는 아무 대답 없이 자리에 가서 앉더니 깊숙이 고개를 떨구고만 있었다.

"시작종이 치면 교실로 들어와야지. 1, 2학년생도 아니면서 울고 있다니…… 도대체 왜 울었지?"

"……."

"누구한테 맞았나?"

그러자 모두 재미있다는 듯이 히들히들 킬킬 웃었다.

나도 약간 어이가 없다는 듯이 허 웃어버렸다. 그리고 그 일은 그것으로 매듭을 짓고 수업을 계속했다.

홍연이가 왜 그렇게 창고 뒤에 앉아서 울었는지 그 까닭을 그 애의 일기에서 알고, 나는 얼굴이 화끈 붉어지는 듯한 느낌이었다. 그녀의 일기에 다음과 같이 씌어 있었던 것이다.

음악시간에 졸업식 노래를 부르는데 나는 자꾸 눈물이 나오려고 해서 애를 먹었다. 6학년 언니들이 곧 학교를 떠나기 때문에 그래서 슬픈 것이 아니었다. 내년이면 우리도 졸업을 해서 학교를 떠나야 되는구나 하는 생각이 들어서였다.

그런데 선생님께서 수업이 끝나자 좀 슬픈 목소리로,

"너희들도 일 년 후면 학교를 떠나게 되는구나."

그런 말씀을 하시는 게 아닌가. 그리고 졸업을 한 뒤에도 만나면 반가운 인사를 하겠느냐고 하시는 바람에 그만 나는 울음이 쏟아져 나오려 해서 애를 먹었다. 내년에 졸업을 해서 선생님과 헤어질 일을 생각하니 견딜 수가 없어서 나는 창고 뒤로 가서 실컷 울어 버렸다. 시집을 간 뒤에도, 이십 년 후에 만나도 인사를 하겠느냐, 삼십 년 후에 만나도 알아보겠느냐고 하신 선생님의 목소리가 일기를 쓰고 있는 지금도 귀에 들리는 것 같아 또 눈물이 나오려 한다. 나는 나중에 시집을 안 갈 거야. 절대로 안 갈 거야.

이렇게 시집을 안 간다는 말로 그날의 일기를 끝맺어 놓았는데, 시집을 안 간다는 말은 곧 나를 염두에 두고 한 말임에 틀림없었다. 다시 말하면 내가 아닌 다른 남자에게는 시집을 안 가겠다는 그런 생각이 은연중 밑바닥에 깔려 있는 말이었다.

나는 얼굴이 화끈해지는 것을 느끼며 비식비식 웃었다. 어쩐지 낯간지럽고 쑥스러우며, 약간 창피한 것도 같은 그런 묘한 기분이었다.

봄방학 전 마지막 수업 시간이었다.

겨울방학이 끝나고 얼마 되지 않아 다시 방학을 맞게 되어서인지 아이들은 모두 잔뜩 들떠 있었다. 일주일 후 새 학기가 시작되면 이제 최고학년인 6학년이 된다는 사실도 아이들을 흥분케 했다.

"자, 이제 5학년인 너희들과는 마지막이다."

나는 시원섭섭한 표정을 지어 보이며 말했다.

"선생님, 6학년 때도 우리 반 담임을 하시는 거죠?"

여자 아이들 중 한 명이 수줍은 목소리로 물었다.

"그건 선생님도 아직 몰라. 방학 끝나고 학교에 돌아와 보면 알게 되겠지. 왜 내가 또 너희들을 맡았으면 좋겠어?"

"예."

아이들이 일제히 소리를 높여 말했다.

내가 모른다고 한 것은 거짓말이었다. 5학년 담임을 맡은 선생님들은 그 학급을 그대로 데리고 올라가기로 되어 있는 것을 나는 이미 알고 있었다. 6학년이 되어도 나는 여전히 이 아이들의 담임선생인 것이다.

"나는 싫은데? 나는 새로 5학년이 되는 아이들을 맡고 싶은데?"

나는 빙긋 웃으며 장난기를 섞어 말했다.

"안 돼요. 선생님이 저희들 담임을 하세요."

"그래요, 선생님."

"저희들과 같이 있어요, 네?"

아이들은 저마다 한마디씩을 하며 혹 있을지도 모를 이별을 아쉬워했다.

"자자, 그건 6학년이 되면 자연히 알게 될 거니까 그만하고……. 이번 방학 때도 일기 쓰는 것 잊어버리면 안 돼. 담임 선생님이 바뀔지도 모르니까 안 써도 되겠지 하다가는 큰코다칠 거야. 어느 반을 맡든 너희들 일기 검사는 반드시 할 거니까 말이야."

"우우우."

"반장!"

"차렷!"

"경례!"

"선생님, 안녕히 계세요."

"그래, 안녕."

그것이 그 아이들과 나눈 마지막 인사가 될 줄이야. 6학년 담임으로 곧 다시 아이들을 만나리라는 생각에서 예사로운 몇 마디로 그치고 말았는데……

봄방학 기간 중에 나는 갑작스런 전근 발령을 받았다. 대개는 훨씬 전에 결정되어 있어야 하는 일이지만, 어딘가에서 착오가 생긴 듯했다.

하지만 어떻게 된 영문인지 알아보고 말고 할 일이 아니었다. 그럴 만한 겨를도 없었다. 하루 빨리 산리국민학교의 일을 정리하고 새로 발령을 받은 학교로 떠나야 했던 것이다.

14

　새로 부임한 학교 역시 면소재지 학교였는데, 밋밋한 언덕 위의 널찍한 터에 자리 잡고 있어서 그전의 학교보다 한결 후련한 느낌이었다. 어쩐지 운동장도 훨씬 넓은 것 같았다. 운동장 가에는 벚나무가 빙 둘러 심어져 있었다.

　마침 봄이어서 벚꽃이 만개해 있었는데, 벚꽃의 구름 속에 학교가 담겨 있는 듯했다. 정말 화사하고 푸짐한 벚꽃이었다.

　어느 토요일 해 질 무렵이었다.

　기성회비를 받기 위해 가정방문을 갔다가 돌아오는 길에 동료 교사 두 사람과 막걸리 잔을 주고받고 있었다. 별로 내키지 않는 일을 하고 난 다음이라 그런지 모두들 울적한 기분이었다. 교장 선생님의 독촉에 밀려 나서긴 했지만, 선생님들로서는 몹시 곤혹스러운 일이 아닐 수 없었다.

담임을 맡고 있는 선생님들은 기성회비 납부 실적에 따라 평가를 받았다. 교장 선생님은 교무회의에서 기성회비 문제로 선생님들을 질책하는 일이 많았다.

그러다 보니 기성회비를 받기 위해 가정방문이라도 하지 않으면 안 되었다. 교실에서 입이 닳도록 얘길 해도 끝내 기성회비를 가져오지 않는 아이들이 많았기 때문이었다. 따로 불러서 나무라기도 하고 혼을 내 보기도 하지만 별 소득이 없기는 마찬가지였다.

한 아이를 불러 면담하던 때였다.

"언제까지 낼래?"

"엄마가 그러는데요, 누에고치만 팔면 된답니다."

"이놈아, 그 누에고치 판다는 얘기가 몇 번짼 줄 알아?"

"엄마가 그러는데 전들 어쩝니까."

나는 어이가 없었고, 아이는 눈물만 글썽일 뿐이었다.

그렇게 기성회비를 못 낸 아이들은 괜히 주눅이 들어 의기소침해했다. 어린 마음에도 가난이 원수라는 생각을 품고 있는 아이들이 많았다.

기성회비가 없어 학교에 오기 싫어하는 아이들도 있었다. 그런 아이들은 고갯마루에서 책보를 베고 낮잠을 자거나 들판에서 놀다 집으로 돌아가기도 했다.

그러나 가정방문을 한다고 해결될 문제도 아니었다. 아이들 가정의 빤한 살림을 잘 아는 터라 덮어놓고 내라고만 할 수도 없는 일이었다. 지지리도 궁색한 살림살이에 되레 민망해져서는 입도 벙긋 못한 채 서둘러 돌아 나와 버린 집도 수두룩했다.

우울한 심정으로 술을 몇 잔 먹고 보니 이런저런 생각들이 몰려들었다.

고향 생각이 나기도 했고, 산리국민학교의 아이들이 그리워지기도 하면서 어쩐지 쓸쓸하고, 조금 들뜨는 것도 같은 묘한 기분이었다.

산리국민학교를 떠나올 때 아이들에게 한마디 인사도 하지 못한 것이 못내 가슴에 걸렸다. 마음만 먹었다면 반장인 남숙이를 비롯해 학교 근처에 사는 몇몇 아이들을 보고 올 수도 있었을 것이다.

그럴까 하는 생각도 해보았지만, 나는 끝내 아이들 중 아무도 만나지 않고 떠나와 버리고 말았다. 몇몇 아이들한테만 알린다는 것도 썩 내키지 않았고, 또 막상 아이들은 만나 어떻게 설명을 해야 할지, 몹시 곤혹스러운 심정이기도 했다. 그래서 아이들에게 잘 좀 말해 달라는 부탁을 교장 선생님에게 하고는 서둘러 떠나와 버린 것이다.

학교에 돌아와 내가 갑자기 사라진 것을 알고 얼마나 놀랐을까.

홍연이는 아무런 일 없이 학교에 잘 다니고 있는지…….

아, 홍연이……. 어느 아이 하나 그립지 않은 것은 아니지만, 내게는 특별할 수밖에 없는 아이였다. 홍연이가 어떻게 지내는지 몹시 궁금하고, 야릇하게 그 애가 보고 싶기까지 했다.

"강 선생, 오늘은 유독 술맛이 나는 모양인데…… 자, 한잔 더……."

기분이 그래서인지 나는 막걸리 잔을 사양하지 않고 연거푸 비워대고 있었다.

신발을 벗고 마루에 올라앉은 선생이 불그레해진 얼굴에 웃음을 띠며 또 잔을 내밀었다.

"이제 봄도 다 가니 총각 선생 심사가 쓸쓸한 모양이지?"

마루에 나와 마주 걸터앉은 선생이 싱겁게 이죽거렸다. 그들 두 사람은 다 기혼이었다.

나는 그저 히죽히죽 웃으며 꿀꺽꿀꺽 잔을 기울이기만 했다.

"강 선생, 그럼 내가 중신을 할까?"

마루에 올라앉은 교사가 말했다.

"중신이 뭐 하는 건데요?"

나는 능청스럽게 받아넘겼다.

"아니, 아직 중신이 뭔지도 모르다니…… 이거 교단에 설 자격이 없는데……."

마루에 올라앉은 교사가 눈을 크게 뜨며 짐짓 놀랍다는 표정을 해보였다.

"허허허…… 없지. 중신이 뭔지도 모르는 사람이 어떻게 아이들을 가르쳐. 교사 자격증 헛받았군그려."

마루에 걸터앉은 교사도 재미있다는 듯이 맞장구를 쳐댔다.

"중신하고 교사 자격증하고 아주 밀접한 관계가 있는 모양이죠?"

내 말에 그만 폭소가 터졌다.

그렇게 술잔을 기울이고 시시한 농담을 주고받으며 노닥거리고 있던 중이었다.

"선생님들 안녕하시오?"

자전거를 타고 주막 앞을 지나가던 학부형 한 사람이 인사를

하며 다가왔다. 학교 바로 앞에서 잡화상을 하고 있는 사람이
었다.

"어서 오시오. 같이 한잔 합시다."

마루에 올라앉은 교사가 말했다.

"아니올시다. 난 벌써 한잔 했어요. 더하면 자전걸 타고 갈 수
없는 걸요. 이거 학교로 온 편지 드리려고……."

잡화상 주인은 윗도리 호주머니에서 편지 서너 통을 꺼내 내
밀었다.

내가 그것을 받았다.

물건을 떼러 읍내에 갔다가 우체부를 만난 모양이었다. 그 무
렵은 우체부가 일일이 이 마을 저 마을, 이 집 저 집을 찾아다니
며 편지를 전하는 것이 아니라, 도중에 그 부락 사람을 만나면
그 사람에게 우편물을 주어버리기 일쑤였다.

학교로 오는 우편물도 예외는 아니었다. 학교 근처에 사는 사
람이나, 때로는 학생들에게 맡겨버리고 돌아서 가는 일이 허다
했다. 그래서 우편물이 며칠씩 엉뚱한 집에서 묵었다가 전달되
어 오는 수도 있었다.

"그럼 전 이만 바빠서 갑니다. 너무 많이들 드시지 마세요."

편지를 전해준 잡화상 주인이 인사를 하고는 다시 자전거에
올랐다.

"네, 편지 고맙습니다."

나는 벌써 자전거 페달을 밟고 있는 잡화상 주인을 쳐다보며
말했다.

"어디 나한테 온 편지도 있나 좀 봐줘."

마루에 올라앉은 선생이 내 손에 쥔 편지 뭉치를 넘겨보며 말했다.

"자네한테 학교로 올 편지가 있었어? 교육청에서라면 모를까. 어디 숨겨둔 여자라도 있는 거야?"

마루에 걸터앉은 선생이 마루에 올라앉은 선생을 보며 느물거렸다.

"왜 이래, 이 사람. 나도 이래봬도 전에 있던 학교에서는 꽤나 인기가 있었다구. 벌써 고등학생이 되어 아직도 편지를 보내오는 여학생들도 있다구."

마루에 올라앉은 선생이 짐짓 정색을 하며 뽐내듯 말했다.

나는 술기운이 꽤 오른 상태였지만 편지를 하나하나 살피기 시작했다.

모두 네 통이었는데, 나한테 온 편지가 하나 있었다. 이곳 학교의 주소 밑에 강수하 선생님이라는 글씨가 연필로 씌어 있었다.

나는 얼른 봉투를 뒤집어 보았다. 편지를 보낸 사람은 다름 아닌 홍연이었다.

뜻밖에 홍연이의 편지를 받은 나는 취중이면서도 얼굴이 조금 화끈해지는 것 같은 기분이었다. 흐흠, 오늘 홍연이의 편지를 받으려고 그렇게 여느 날과는 달리 묘하게 들뜨는 것 같고, 기분이 이상했구나 싶었다.

봉투가 다른 편지들보다 두 배 정도 두꺼워 보였다. 많은 사연을 적어놓은 것 같아 나는 반가우면서도 어쩐지 좀 쑥스러워 얼른 얼른 가운데를 접어서 상의 안주머니 속에 집어넣어 버렸다.

"아니, 무슨 편진데 뜯어보지도 않고 얼른 집어넣어 버리지?"

　마루에 올라앉은 선생이 수상쩍다는 표정을 지으며 또다시 농담조로 불쑥 말했다.

　"보나마나 좋은 사람한테서 온 거겠지 뭐. 그러니까 안주머니에 넣지. 그렇지 않음 뭐 하려고 안주머니에 넣겠어. 안 그래? 허허허……."

　마루에 걸터앉은 선생이 껄껄 웃으며 말했다.

　"허허, 내가 중신을 할까 했는데, 그랬더라면 강 선생 애인한테 매를 맞을 뻔했군 그래."

　"매 정도가 아니라 몽둥이를 맞을 뻔했지."

　마루에 올라앉은 선생과 마루에 걸터앉은 선생이 히들거리며 말했다.

　"애인이라는 게 뭔지 모르지만, 몽둥이질을 잘하는 모양이죠."

　나는 또 능청스럽게 받아넘겼다.

　"오늘 강 선생 심사가 꽤나 뒤틀려 있나 보네."

　마루에 걸터앉은 선생이 빙긋 웃으며 말했다.

　"자자, 애인한테서 편지도 받았으니 이제 그만 풀라구."

　마루에 올라앉은 선생은 술잔을 들어 내밀 듯이 올려 보이고는 쭉 들이켜기 시작했다.

　"근데, 강 선생, 그 편지 진짜 애인한테서 온 거야?"

　마루에 걸터앉은 선생이 슬그머니 웃음을 빼물며 말했다.

　나는 다시 뭐라고 말을 하려 했지만 어찌 된 셈인지 목 안이 굳어진 듯 아무런 말도 할 수가 없었다. 애인이라는 두 선생의 말이 목에 걸렸고, 안주머니에 든 홍연이의 두툼한 편지가 자꾸만 가슴속 맨살에 닿는 듯해 신경이 쓰이는 것이었다.

그것이 비록 애인한테서 온 것이 아니라 제자한테서 온 편지지만, 여느 평범한 제자와는 다른, 나를 이성으로서 사모하고 있는 제자한테서 온 것이 아니던가.

그래서 도둑이 지레 발이 지리다는 격으로 두 동료 선생 앞에서 공연히 말문이 막히는 건지도 몰랐다.


술집에서 일어설 때쯤, 나는 꽤나 취해 있었다. 집까지 바래다주겠다는 한 선생의 호의를 거절하고 비틀거리며 하숙집으로 돌아왔다.

과음을 한 탓에 밥 생각도 별로 나지 않아 뜨는 둥 마는 둥 하다 저녁상을 물렸다. 그리고는 곧바로 성냥을 찾아 초에 불을 붙였다.

전기가 없는 것은 아니었지만, 그 무렵의 전기라는 것은 호롱불 정도의 밝기도 채 되지 않는 경우가 허다했다. 그냥 전구 속의 필라멘트가 빨갛게 달아 있기만 할 때도 많았다.

그러니까 밤에 책을 읽거나 무엇을 쓰거나 하려면 따로 더 불을 켜야만 했다.

촛불을 밝히고서 나는 방 윗목에 아무렇게나 벗어 던져놓은 상의 안주머니에서 홍연이의 편지를 꺼냈다.

나는 새삼 내 편지가 맞나 확인이라도 하듯 봉투에 적힌 내 이름을 확인했다. 그리고는 다시 봉투 뒷면의 발신인 이름을 살폈다.

연필로 조그맣게 쓴 윤홍연이라는 이름을 취한 눈으로 더듬는데, 어느 순간 눈앞이 부옇게 흐려지기 시작했다.

나는 북, 소리 나게 봉투를 뜯었다.

방 한가운데에 놓인 촛불이 온통 눈앞에서 일렁이기 시작했다. 촛불은 이제 내 두 눈 속에서 활활 타오르고 있는 듯이 느껴졌다.

봉투를 벌리고 내용물을 꺼내는 손끝이 자꾸만 미끄러졌다.

봉투에서 꺼낸 내용물을 펼쳐 든 순간, 나는 그만 깜짝 놀라 두 눈이 휘둥그레지고 말았다. 거짓말처럼 취기가 싹 가시는 기분이었다.

훨훨 타오르는 불빛 속에 떠오른 것은 시뻘건 피였나.


선생님, 그립고 그리운 선생님, 선생님, 선생님…….


시뻘건 피가 이렇게 선생님만을 수없이 부르고 있었다. 흔들리는 촛불에 비친 시뻘건 피 글씨는 촛불의 흔들림만큼이나 비틀거리며 선명한 자국을 남기고 있었다.


저는 지금 울고 있어요.


마지막 한마디는 조금 희미해진 피로 쓰여 있었다.

그리고 그것이 끝이었다. 두 장의 편지지에는 온통 선생님을 부르는 붉은 절규가 가득했고, 마치 피눈물을 쏟듯 한마디를 덧붙이고 있었다.

불과 두 장밖에 안 되는 편지가 왜 그렇게 두껍게 보였는지도 그제야 알 수 있었다. 두 장의 편지지에 가득 뿌려진 핏자국이 편지지가 휘도록 말라붙어 있었던 것이다.

나는 그저 놀랍고 얼떨떨하기만 했다.

그래서 훨훨 타오르는 불빛을 받아 괴이하게 번들거리는 그 시뻘건 피 글씨를 넋 잃은 사람처럼 바라보고 있었다.

그러나 잠시 후, 나는 편지를 손에서 떨어뜨리고 말았다.

"흐흐흐흐……."

웃음인 듯 울음인 듯, 신음을 뱉어내며 풀썩, 쓰러져 방바닥에 드러누워 버렸다. 술기운이 다시 오르는 것인지 깨는 것인지, 무겁게 몸이 가라앉았고, 허파에서 바람이 새어나오듯 히들히들 웃음이 흘러나오는 것이었다.


다음 날 아침 내가 눈을 떴을 때는 열 시가 넘어 있었다.

아마도 편지를 읽다 그냥 잠이 들어버린 모양이었다. 심지만 남은 초가 방 한가운데에 웅크리고 있었고, 백열등은 그냥 켜진 채로 여전히 노란빛을 발하고 있었다.

오늘이 일요일이니 망정이지 그렇지 않다면 큰 실수를 저지를 뻔한 일이었다. 촛농만 남은 초를 바라보니 휴, 안도의 한숨이 내쉬어지기도 했다.

방 한쪽에는 홍연이의 편지가 담긴 봉투가 아무렇게나 던져져 있었다. 도대체 왜 그랬는지는 모르겠지만, 간밤에 취중에도 홍연이의 그 혈서 편지를 도로 접어 봉투에 넣어둔 모양이었다. 무의식중에라도 누군가 볼까 봐 두려웠던 것일까.

오랜 시간을 자고 일어나긴 했지만, 여전히 머리가 맑질 않고 멍하기만 했다. 숙취상태였던 데다 편한 자세로 잠을 자지 않았기 때문인 것 같았다.

마당에 나가 푸푸, 얼굴을 씻고는 팔다리를 건들건들 흔들고 허리를 비틀며 즉흥적으로 만들어낸 체조를 했다. 그리고 나서 다시 한 번 세수를 하고 나니 비로소 정신이 좀 산뜻해지는 느낌이었다.

방으로 들어오자 방바닥에 놓여 있는 홍연이의 편지가 다시 눈에 띄었다. 그러나 나는 홍연이의 그 편지를 집어 들지 못했다. 그저 힐끔거리며 쳐다보기만 할 뿐이었다. 마치 무슨 매우 중대하고도 심각한 사연이 담긴 편지처럼 여겨져 쉽사리 손이 가질 않는 것이었다.

그렇게 방 한구석에 홍연이의 편지를 내버려둔 채 아침을 먹었다. 입맛이 몹시 썼다.

꾸역꾸역 밥술을 뜨고는 있었지만 내 온 신경은 홍연이의 편지로 향해 있었다. 자꾸만 밥상 위로 홍연이 써 보낸 혈서가 어른거렸다. 밥상 위에 놓인 반찬그릇 하나하나가 마치 홍연이의 피로 쓴 글씨 한 자 한 자인 것처럼 보였다.

아침밥상을 물린 나는 기어이 홍연이의 편지를 다시 집어 들었다.

편지의 내용이 피로 쓴 간단한 몇 마디인 것은 간밤에 본 그대로였다. 하지만 그것을 바라보는 내 느낌이 어젯밤과는 매우 달랐다.

어제는 너무나 의외의 일이어서인지 그저 얼떨떨하고 멍하기만 할 뿐이었다. 그래서 히들히들 웃음이 나왔던 것도 같다.

그러나 지금 내가 느끼는 놀라움은 어제와 같은 어이없는 놀라움이 아니었다.

그것은 진정 가슴에서 솟아오르는 놀라움이었고, 그래서 웃음 같은 것은 전혀 떠오르지도 않았다.

선생님, 그립고 그리운 선생님, 선생님, 선생님……. 저는
지금 울고 있어요.

참으로 간절하고도 아프게 다가오는, 홍연이의 피맺힌 그리움의 몇 마디가 아닌가.

"흐음."

나는 고개를 몇 번 끄덕거렸다. 가슴속을 휘돌아 치솟아 오르는 아릿한 기운에 목이 메는 듯도 했다.

문밖에서 인기척이 나는 바람에 나는 얼른 그 혈서를 봉투 속에 집어넣었다. 절대로 누가 보아서는 안 될 비밀인 것만 같았고, 어쩐지 몹시 쑥스럽기도 했기 때문이다.

봉투 뒷면을 다시 살펴보았다. 어제는 알아차리지 못했는데, 발신인의 주소가 학교로 되어 있지 않고 집 주소였다.

혹시 홍연이가 학교를 그만둔 것일까.

산골의 많은 아이들처럼 중도에 학교를 그만두고 집안일을 거들고 있는 것일까.

아니면, 여전히 학교에 잘 다니고 있으면서도 집 주소를 적은 것일까.

만일 그렇다면, 나로부터 답장을 기대했기 때문이 아닐까. 학교에서 편지를 받는다면, 아이들은 물론 선생님들도 알아차리

게 될 테니, 쑥스러울까 봐 그렇게 한 것이 아닐까.

홍연이의 그 피로 쓴 편지에 대해 나는 며칠을 두고 곰곰이 생각을 했다. 그 혈서에 답장을 해야 할지 말아야 할지, 선뜻 결정을 내릴 수 없었기 때문이었다.

결국 답장을 쓰지 않기로 했다.

아니 정직하게 말하자. 답장을 쓰지 않기로 처음부터 작정한 것은 아니었다.

나는 몇 차례나 답장을 쓰려고 펜을 들었다. 그러나 뭐라고 답장을 써야 좋을지 도무지 알 수가 없었다.

그럴 수밖에 없지 않은가.

그처럼 간절한 그리움을, 그처럼 시뻘건 피로 쏟아놓은 편지에 대해, 펜으로 잉크를 찍어 도대체 뭐라고 쓸 수 있단 말인가.

또 만일 내가 답장을 쓴다면 그건 이미 스승과 제자 사이의 사연을 넘어선 것이 될 게 뻔했다. 상대편은 혈서로 그리움을 호소하는데, 이쪽은 점잖은 스승의 목소리로 답장을 보낼 수는 없는 노릇 아닌가.

결국, 답장을 쓰지 않는 편이 가장 현명한 일일 것이라는 판단을 내렸다.

그것이 만일 혈서가 아니었다면, 연필로 그저 선생님이 보고 싶다는 정도의 사연을 적은 것이었다면, 나는 아마도 답장을 썼을지도 모른다.

아무튼, 나는 홍연이의 혈서 편지에 답장을 하지 않았고, 그 뒤로는 홍연이로부터도 더 편지가 오지 않았다.

그것이 내가 답장을 쓰지 않았기 때문인지, 아니면 또 다른 무슨 이유가 있었기 때문인지는 나로서도 알 수 없는 일이다.

혈서를 또 쓸 수도 없고, 그렇다고 싱겁게 연필로 무슨 말을 할 수도 없어서 그랬는지도 모를 일이다. 좌우간 그것으로 홍연이의 소식은 끊어지고 말았다.


이듬해 나는 징집영장을 받고 군대에 갔다. 군 복무를 마치면 당연히 교직에 복귀할 생각이었지만, 제대하던 해에 문단에 이름을 올림으로써 내 진로는 크게 바뀌어 버렸다. 내친 김에 교직을 떠나 전업작가의 길로 들어선 것이다. 그리고 얼마 되지 않아 결혼을 했고, 아들과 딸의 아버지가 되었다.

그러나 나는 결코 홍연이를 잊을 수가 없다.

지금쯤은 시집을 가서 남의 아내가 되고, 어머니가 되었겠지.

아직도 그 산골에 살고 있을까, 아니면 혹시 나처럼 상경을 해서 같은 서울 하늘 밑에 살고 있는 것이나 아닐까…….

간혹, 내게 보이던 그 절절한 사모의 정과 혈서를 떠올리노라면, 슬그머니 웃음이 배어 나오기도 했다.

나는 지금, 한때 내가 산골 마을의 작은 학교에서 가르치던 아이들을 다 기억하지 못한다. 그들의 이름도, 그들의 얼굴도, 모두 흐릿한 기억 저편으로 넘어가 버렸다.

그러나 오직 한 사람, 홍연이에 대한 기억만큼은 선명하다. 흐린 촛불 아래 시뻘겋게 빛나던 혈서에 대한 기억과 함께, 나도 모르게 가슴을 앓아야 했던 그 아름답고도 아픈 회한과 함께…….

# 선생과 제자 사이의 '아름다운 통증(痛症)이자 애틋한 회한(悔恨)'으로서의 연애담
## - '여제자'의 사실성에서 '내 마음의 풍금'의 낭만성으로

오태호(문학평론가, 경희대 교수)

## 1. 사실주의적 전후(戰後) 작가의 낭만적 연애담

작가 하근찬(1931~2007)은 '민요적 세계'(유종호)와 '한의 세계'(김병익)라는 양립적 평가 속에 '엄격한 서사의 구성과 적절한 토착어의 사용'(김윤식·김현, 『한국문학사』)으로 예술적 품격을 유지해온 1950년대 대표 소설가의 한 사람으로 평가받는다. 1931년 경북 영천에서 출생한 작가는 전주사범학교와 동아대학교 토목과를 중퇴한 이후 교사와 잡지사 기자 생활을 지속하다 1957년 『한국일보』 신춘문예에 단편소설 「수난이대」가 당선되어 등단한다. 창작집으로 『수난이대』(1972), 『흰 종이수염』(1977), 『일본도』(1977), 『서울 개구리』(1979), 『화가 남궁 씨의 수염』(1988), 『내 마음의 풍금』(1999) 등을 상재하였고, 장편소설로 『야호』(1972), 『월례소전』(1978), 『제복의 상처』(1981), 『산에 들에』(1984), 『여제자』(1987) 등을 출간하였으며, 제7회 한국문학상(1970), 제2회 조연현문학상(1983), 제1회 요산문학상(1984), 류주현문학상(1989) 등의 수상과 함께 보관문화훈장을 수여(1999)받은 바 있다.

그는 인정세태와 향토성 짙은 농촌을 배경으로 우리 민족의 수난을 사실적으로 묘사한 작가로 평가받으며 역사적 현실과 사회적 모순에 대한 비판적 문제의식을 드러냄으로써 1950년대 대표적인 전후(戰後) 작가의 한 사람으로 꼽힌다. 특히 제2차 세계대전과 한국전쟁의 전란 속에 상처받은 민족의 수난을 집약한 「수난이대」, 한국전쟁 당시 마을 청년들에게 소집 영장을 전하러 온 경관의 승선을 거부한 「나룻배 이야기」(1959), 6·25 때 노무자로 강제 동원되어 팔을 잃고 돌아와 흰 수염을 붙이고 극장 광고판을 메고 다니는 동길이 아버지의 이야기를 다룬 「흰종이수염」(1959), 편지 뭉치가 전사 통지서임을 알고 냇물에 띄워 보냈다가 해고되는 배달부 이야기를 형상화한 「홍소」(1960), 외국 군대의 주둔이 끼친 파괴적 영향력과 윤리적 타락상을 상징적 축도로 보여준 「왕릉과 주둔군」(1963), 한국전쟁 직후 격전장이었던 지역 근처 국민학교에서의 불발탄 피해를 묘사한 「붉은 언덕」(1964), 전후 빈민촌의 판잣집과 부잣집의 개집을 견주어 '같은 모양의 삼각집들'이 일으키는 갈등을 형상화한 「삼각의 집」(1966) 등을 통해 한국전쟁의 폐해와 모순을 적실하게 형상화한 대표 작가에 해당한다.

중편소설인 「여제자」(1981)는 1999년 이영재 감독의 영화 〈내 마음의 풍금〉으로 개봉되어 상영된 이후 같은 해에 장편소설 『내 마음의 풍금』(1999)으로 개작되어 출간된다. 중편 「여제자」와 장편 『내 마음의 풍금』 사이에는 18년이라는 세월이 놓여 있다는 점에서 작가의 서사적 욕망의 변화를 뚜렷하게 확인할 수 있다고 판단된다. 뿐만 아니라 이후 동명의 소설이 뮤지컬 〈내 마음의 풍금〉(2008)으로 제작되어 성황리에 공연이 되면서 한 편의 소설이 여러 장르의 다매체로 활용되는 OSMU(One source Multi-use)의 전형을 보여주는 작품으로 주목된다. 『내 마음의 풍금』과 원작인 「여제자」는 둘 다 1인칭 시점의 자전 소설에 해당한다. 작가가 『여제자』(고려원, 1987)의 '작가의 말'에서 자신이 1948년 가을 산골 초등학교에 햇병아리 교사로 부임하면서 겪은 사실을 거의 그대로 소설 형식에 담았다면서 "지난날의 아련한 추억 한 토막을 담담하게 수채화 그리듯" 창작한 작품이라며 창작의 배경을 설명하고 있기 때문이다. 뿐만 아니라 『내 마음의 풍금』(바다, 1999)의 '작가 후기'에서도 작가는 소설 속 선생이 바로 자신이며 홍연이라는 이름의 여학생 역시 실제의 인물이고 홍연이 혈서를 보내온 일도 실제로 있었던 일이라고 설명한다. 이렇게 보면 중편 「여제자」와 장편 『내 마음의 풍금』 모두 작가의 체험적 사실을 바탕으로 하면서 허구적 상상력을 가미하여 각색한 자전적 소설에 해당함을 확인할 수 있다.

이렇듯 하근찬의 「여제자」(1981)와 『내 마음의 풍금』(1999)은 동일 소재를 다룬 텍스트라는 점에서 유의미한 상관성을 지니며, 특히 동명의 영화 〈내 마음의 풍금〉(1999)과 뮤지컬 〈내 마음의 풍금〉(2008)으로도 제작되어 흥행에 성공하면서, 교사인 선생의 시점과 제자인 홍연의 일기를 교차함으로써 선생과 학

생의 어긋난 시선과 감정의 교감을 섬세하게 포착하고 있는 수
작에 해당한다. 필자는 작가의 말년작인『내 마음의 풍금』을 중
심으로 논의를 전개하면서「여제자」와의 차이를 규명하는 방식
으로 논지를 전개하고자 한다. 작가가 50세 전후에 창작한 원작
「여제자」보다 작가의 서사적 적공이 누적된 말년작인『내 마음
의 풍금』이 60대 후반에 이르러 원숙해진 노년 작가의 상상력
을 적실하게 보여준다고 판단되기 때문이다.


## 2. 낭만주의적 원근감 –『내 마음의 풍금』(1999)


### 1) '기억의 공소시효'를 넘어선 그리움

『내 마음의 풍금』은 '사람의 기억'에 대한 특이성을 주목하면
서 작품이 시작된다. 즉 '사람의 기억력'이 지닌 특성을 '기억
의 누적성'이 아니라 역설적인 원근감으로 확인하면서 '기억의
비선형성'을 강조하는 것이다. 작가는 이 작품이 과거에 일어
난 일을 현재로 소환하면서 '기억과 추억 사이'에서 파생되는
현재적 의미의 중요성을 발견해내는 소설임을 주목한다. 결국
이 작품이 '오랜 추억'을 소환하면서 '짝사랑의 미묘한 떨림'이
라는 '원형적 기억'을 의미화하는 작업이 될 것임을 예고하는
것이다.

작품의 〈프롤로그〉에서는 30년 만에 과거에 재직했던 국민학
교 여학생으로부터 전화를 받는 내용이 그려진다.

사람의 기억이란 겹겹이 쌓아놓은 볏단 같은 것이 아닌 모양이
다. 바로 어제의 일이 아득한 옛일처럼 가물가물한가 하면, 수십
년 전의 아주 사소한 추억이 불현듯 생생하게 살아나는 경우도
있는 걸 보면 말이다.

어느 정도의 추억이 쌓이면 그 추억의 순서나 길이는 별 의미
가 없는 것일까. 중요한 건 언제였느냐가 아니라, 어떻게였느냐
하는 것인지도 모르겠다.

(…)

그래서, 삼십 년 만에 연락이 닿은 홍연이가 전혀 낯설게 느껴
지지 않았다는 건 확실히 이상한 일이 아닐 수 없었다. 홍연이와
나 사이에 그토록 오랜 세월을 견디며 붙잡고 있어야 할 기이한
인연이 그물을 치고 있다고는 생각되지 않기 때문이다. 그저 오
래전에 떠나온 교단에서 만났던, 수많은 학생들 중 한 명이 아니
던가.

그러나 다시 생각해 보면, 그것도 아니었던 모양이다. 수십 년
전 제자의 목소리를, 그것도 전화 한 통화로 금방 기억해낸 것을
보면, 내 속에 나도 모르는 짙은 그리움의 감정이 스며들어 있었
던 건 아닐까. 그리운 만큼 홍연이에게 익숙해 있었던 것이 아닐
까. (12-13)


인용문에서 드러나듯 화자인 강 선생은 30년 만에 연락이 온
제자 홍연이의 전화로부터 과거를 회상하게 된다. 그리고 과거
에 품었던 자신의 감정의 속내를 상상하면서 '기억의 소환'이
지닌 '양가적 원근감'에 대해 생각한다. 어떤 사람에게는 시간

적으로 가까운 기억이 먼 옛날 일처럼 '가물가물'하게 느껴지기도 하고, 수십 년 전 '사소한 추억'이 선명하게 떠오르기도 하기 때문이다. 그리고 '추억의 중요성'은 '추억의 순서나 길이'에서 파악되는 '언젯적 추억'에 있는 것이 아니라 '어떤 추억의 내용이냐'라는 '구체성의 여부'에 달려 있다고 판단하게 된다. 추억은 시간적 과거가 아니라 실체적 내용의 중량감에 따라 중요성이 달라지는 것이다.

강 선생은 아무리 오랜만에 만나더라도 '낯설지 않게 느껴지는 사람'이란 '고통스런 이별과 사무치는 원한'을 지닌 두 부류의 존재라고 생각한다. 타인에 대한 '그리움의 씨앗'이나 '증오의 날'이 기억의 각인 속에 '타자에 대한 애증'을 키울 수 있다는 판단 때문이다. 강 선생은 기억의 생동감도 세월의 무게에 따라 망각하게 되는 이치를 깨닫게 되면서 '기억의 공소시효'를 떠올리게 된다. 물론 30년 만에 연락이 닿은 홍연이와의 연결은 강 선생에게 전혀 낯설지 않게 느껴진다. 그렇다고 그녀와 '기이한 인연의 그물망'이 있지는 않았던 것으로 처음에는 추정하지만, 곰곰이 생각한 끝에 홍연으로부터 자신도 미처 몰랐던 '그리움의 감정'을 마주하게 되고, 그 감정으로 인해 자신이 홍연이와의 과거에 익숙해 있었다고 생각하게 된다. 이제 강 선생은 그 '그리움의 실체'를 추리소설처럼 추적하게 된다.

이렇듯 교사와 학생 사이의 금기를 넘어선 사랑은 동서고금을 막론하고 '사랑의 열정'을 증폭시키며 위반의 충동을 극대화하는 파격적 소재의 하나로 활용되어 왔다. 한국문학에서 근대적 장편소설의 효시로 평가받는 이광수의 『무정』(1917) 이래로

근대소설은 연애의 삼각관계 속에서 '자유연애 감각의 기입'이라는 테제 속에 남성 교사와 여성 제자의 위계적 연애를 자연스런 욕망의 발로인 것처럼 승인해온 바 있다. 하지만『내 마음의 풍금』은 체험적 사실을 전제로 하면서도 30년 전의 기억과 현재의 만남이라는 시간적 거리감 속 '애틋한 연정의 소환'이라는 낭만적 통증의 연애기를 순도 높은 회한 속에 '첫사랑의 감각'으로 형상화하게 된다.

### 2) 네 살 차이의 남선생과 여학생

30년 전 과거에 갓 스물을 넘긴 21세의 강 선생은 산리국민학교에서 학생들을 가르치는 교사로 배정된다. 그때 홍연이는 17세 늦깎이 초등학생이어서 둘 사이에는 네 살 차이밖에 나지가 않는다.

내가 홍연이를 만난 것은 그때였다. 사범학교를 나와 처음으로 교단에 선 햇병아리 교사와 열일곱 살의 늦깎이 국민학생으로.

둘 사이에 공통점이 있었다면, 그때 막 사랑에 눈을 뜨기 시작한 점일 것이다. 스물한 살의 나나 열일곱 살의 홍연이에게 어쩌면 그것은 너무도 당연한 일이었다.

그때는 애써 부인을 하려고도 했지만, 홍연이는 분명 내게 애모의 정을 품고 있었다. 그것이 아무리 어설퍼 보였다 하더라도, 그녀가 나를 이성으로 바라보며 지녔던 그 감정까지도 부인할 수는 없는 일이다. 순박한 산골 처녀의 사랑을 어찌 세련되고 우아한 도회적 사랑에 비교하여 판단을 내릴 수 있을까.

　　하지만 첫사랑이란 모두 그런 것인가. 우리의 사랑은 서로 다른 곳을 바라보는 어긋난 것이었다. 홍연이가 교단에 선 나를 보며 연정을 키워오던 그때, 나의 가슴속에는 홍연이가 아닌 다른 여자가 자리 잡고 있었다. 돌이켜보면, 가슴속에 가득 차오르던 연모의 정을 털어놓지 못하고 서글픈 속앓이만 했다는 점에서도 우리는 닮아 있었다. (15)

　　인용문에서 드러나듯 4세 차이밖에 나지 않는 21세 남교사와 17세 여학생은 '사랑에 눈을 뜨기 시작한 존재'라는 점에서 공통점이 존재한다. 처음에 강 선생은 과거에 홍연이가 자신에게 품었던 '애모의 정'을 부인하기도 한다. 하지만 지금에 와서는 그것이 '이성(異性)에 대한 연정'임을 부인할 수가 없다. 자신을 향한 홍연이의 연정이 전형적인 '순박한 산골 처녀의 사랑'을 보여주기 때문이다. 그리고 그 사랑이 '세련되고 우아한 도회적 사랑'과 비교되면서 평가절하될 수도 있겠지만 그럼에도 불구하고 그 사랑 역시 '사랑의 일종'이라고 판단하게 된다. 강 선생은 결론적으로 홍연과 자신이 경험했던 '우리의 사랑'이 "서로 다른 곳을 바라보는 어긋난 것"이었다고 규정한다. '선생에 대한 홍연이의 연정'과는 다르게 강 선생의 가슴속에는 '다른 여자에 대한 연정'이 자리 잡고 있었기 때문이다. 하지만 둘 다 "연모의 정을 털어놓지 못하고 서글픈 속앓이만 했다는 점"에서 두 사람은 서로 다른 대상에게 짝사랑의 열병을 앓았던 유사한 공통점을 지닌 쌍생아적 존재가 된다. 이렇듯 제자 홍연이 자신에게 '애모의 정'을 품고 있었지만, 자신은 '다른 여자'를 가슴에 품고 있었다는 진술 속에서 이 작품이 '통속적인 연애의 삼각형 구도'를 형성하게 될 것임을 작품 초반부에 예고하게 된다.

「여제자」와 『내 마음의 풍금』은 동일 소재를 다룬 소설이지만, '홍연이의 왼쪽 새끼손가락'을 통해 회상하는 '혈서의 이미지'는 작품의 구조에서 전혀 다르게 배치된다. 즉 선행 작품인 「여제자」는 작품 말미에 가서야 홍연이의 왼쪽 새끼손가락의 흉터를 발견함으로써 뒤늦게 제자의 육체적 상처와 심리적 통증을 사후적으로 발견하는 서사로 구성된다. 반면에 영화로 개봉된 이후의 텍스트인 개작 장편소설 『내 마음의 풍금』에서는 작품 서두에 홍연이의 상처와 통증을 전면에 배치함으로써 화자의 충격을 강화하는 서사적 장치로 활용한다. 결과적으로 중편소설인 「여제자」가 '애모의 정이 새겨놓은 트라우마'를 후경화함으로써 '여제자의 사랑에 대한 뒤늦은 깨달음'이라는 교사의 각성을 주제로 제시하고 있는 작품이라면, 개작 장편소설인 『내 마음의 풍금』은 '애모의 정과 사후적 통증'을 '전면'에 제시함으로써 '여학생의 사랑과 통증의 현재적 소환'이라는 작품의 본질을 전경화하고 있는 셈이다.

강 선생을 30년 만에 찾아온 홍연은 '쉰을 바라보는 중년부인'의 모습으로 반절을 하면서 '옛 스승에 대한 예의'를 갖춘다. 그리고 홍연은 핸드백 속에서 누렇게 변색된 옛날 사진 한 장을 꺼내는데, 20명 남짓한 여학생들과 강 선생이 자운영 꽃밭에 앉아서 찍은 사진 속에는 홍연이가 선생 옆에 앉아 있다. 홍연이 옛날 생각이 날 때면 그 사진을 꺼내 보곤 했다고 이야기하자, 강 선생은 소중한 사진이니 오래오래 보관하라고 전한다. 이후 사진을 복사하려던 강 선생이 홍연이의 왼손을 보게 되는데, 왼쪽 새끼손가락 끝이 무슨 쇠망치 같은 것으로 내리쳐 짓뭉개진 것처럼 보인다. 그제야 강 선생은 그 손을 보면서 오래전에 자신에게 보내왔던 편지 속 "선생님, 그립고 그리운 선생님, 선생님…… 저는 지금 울고 있어요."라고 적혀 있던 "흐릿한 촛불 아래 검붉게 빛나던 그녀의 혈서"를 떠올린다. 강 선생은 홍연이가 짓뭉개진 왼쪽 새끼손가락으로 그 혈서를 썼던 게 아닐까 짐작은 하지만 결코 그 연유를 물어볼 수가 없다. 그저 혼자 고개를 몇 번 끄덕이고는 홍연으로부터 받은 사진을 소중하게 서랍장에 넣어두는 것으로 그려진다. 이렇듯 도입부에서 '시뻘건 혈서와 짓뭉개진 왼쪽 새끼손가락의 관계'를 제시하는 것은 이 작품이 추리소설적 진실을 탐색하는 여로형 소설이 될 것임을 예고한 셈이다.

### 3) 조숙한 홍연이의 일기와 '야릇한 매력'을 느끼는 강 선생

21세인 화자는 사범학교를 졸업한 직후 산리국민학교에 발령을 받아 부임한다. 화자는 5학년 아이들을 담임하게 되는데, 여자아이들이 더 많은 남녀 혼성반이다. 강 선생은 열과 성을 다해 아이들을 가르친다. 햇병아리 교사인 강 선생은 아이들에게 꼬박꼬박 일기를 쓰게 하는데, 문학에 뜻을 두고 있던 취향이 반영된 행동이지만 선생의 의무감도 있기 때문이다. 국민학교를 졸업해도 편지 한 장 제대로 쓰지 못하는 아이들을 많이 보아온 터라 제대로 된 글쓰기 교육의 필요성을 절실히 느낀 것이다. 산골학교의 아이들은 거의 대부분 국민학교를 졸업하면서 배움을 마쳐야 하는 형편이라 편지 한 장이라도 제대로 쓸 수 있는 교육을 하려면, 아이들에게 글을 쓰는 일이 몸에 배게 해야 한다고 생각하여 매일 일기를 쓰도록 독려한 것이다. 강 선생은 반 아이들에게 일기장용 공책을 따로 준비하게 하여 하루도 빠짐없이 일기를 쓰게 한다. 그리고 토요일이면 아이들의 일기장을 걷어 내용을 검사하는데, 일기 지도는 아이들과의 '정기적 의사소통 수단'이자 휴일 시간을 때울 수 있는 '유쾌한 소일거리'가 된다.

그러던 어느 날 "나는 달밤이면 아무 까닭도 없이 울고 싶어진다. 오늘 밤도 나는 마루 끝에 앉아 밤이 이슥토록 달을 바라보다가 혼자 눈물을 흘렸다."라는 홍연이의 반듯한 글씨체를 만나면서 강 선생은 호기심이 생기게 된다. 아이의 감상적인 일기를 보면서 사춘기에 들어선 모양이라고 판단되었기 때문이다.

오늘 선생님이 들려주신 옛날이야기는 정말 재미있었다. 어쩌면 우리 선생님은 이야기도 그렇게 잘하시는지……. 우리 선생님은 못하시는 게 없다. 그림도 잘 그리시고, 풍금도 잘 타시고, 공부도 재미있게 잘 가르치시고, 정말 최고다. 내일도 또 옛날이야기를 해주시면 얼마나 좋을까. (34)

인용문에서처럼 이틀 뒤에 제출한 홍연이의 일기에서 강 선생은 자신에 대해 찬사를 늘어놓은 내용을 읽으며 낯이 간지러워지면서 은근히 기분이 좋아지는 경험을 한다. 그 무렵 자신이 곧잘 옛날이야기를 들려주거나 '세계 명작 동화나 탐정 이야기, 모험 이야기' 등에 살을 붙여 이야기하면서, 교사 생활에서 얻은 첫 번째 별명이 바로 '이야기 선생'이기 때문이다.

강 선생은 일기장에서 홍연이의 칭찬 대목을 읽은 다음부터 '다른 눈'으로 홍연이를 바라보게 된다. 예사롭게 보아 넘겼을 아이의 행동 하나하나가 선명하게 눈에 박히고 가슴에 쌓이기 시작하면서, '호기심과 관심 사이'에서 강 선생의 시선이 자연스레 홍연이를 향하게 된다. 수업 시간에 질문을 던지면 홍연이는 대답을 하고 난 뒤에 수줍은 듯 얼른 앉으면서 살짝 고개를 떨구는데, 고개를 숙인 홍연이의 얼굴이 몹시 붉어지는 것을 강 선생은 놓치지 않고 바라본다. 이렇듯 홍연이가 사춘기를 겪고 있는 여자아이임을 확인하게 되자 강 선생의 가슴속에서도 흐릿하게나마 '연분홍빛 감정'이 물결치게 된다.

사실을 말하자면, 내 가슴속에서도 희미하게나마 연분홍빛 감정이 물결치고 있었다. 수수하게만 느껴지던 그 애의 얼굴이 별안간 야릇한 매력을 풍기는 것 같기도 했다. 그건, 복사꽃 봉오리가 살짝 붉게 물들며 꽃잎을 벌리는 듯한 그런 매력이었다. (36-37)

인용문에서처럼 강 선생은 사춘기 소녀 홍연이를 보면서 '희미한 연분홍빛 감정'과 함께 '야릇한 매력'을 감지한다. 홍연이로부터 '살짝 꽃잎을 벌린 듯한 복사꽃 봉오리' 같은 성적 매력을 느끼게 된 것이다. 이것은 20대 초반 남성이 10대 후반 여성을 향해 느끼는 자연스런 충동의 일환이라고 볼 수 있다. 하지만 교사와 학생이라는 위계적 권력 구도를 전제로 한다면 일종의 '롤리

타 콤플렉스'에 빠진 남성의 권력적 시선을 보여주는 대목이라는 점에서 탈윤리적 상상력을 드러낸다고 볼 수도 있다.

### 4) 홍연이의 팔 꼬집기 이후 관계의 선회

그러던 어느 날 4학년 1반 교실을 지날 때쯤 창문 밖으로 나와 있는 여학생의 맨살 팔이 창틀에 얹혀 있는 모습을 본 강 선생은 장난기가 발동해서 여학생의 팔을 살짝 꼬집는다. 그때 홍연이가 짧은 비명을 지르는데, 홍연이는 범인이 담임선생임을 확인하자 놀란 표정을 짓더니 곧바로 홍당무처럼 얼굴을 붉히며 수줍은 웃음을 빼문다. 홍연이가 뜻밖의 일에 당황하면서도 '무척이나 좋은 모양'이라고 생각하는 강 선생은 뒷덜미가 화끈거리는 느낌 속에서도 "밥 많이 먹었니?"라고 아무렇지도 않은 척 웃으며 말을 건넨다. 그러자 홍연이도 말간 눈으로 배시시 웃기만 하는 모습이 그려진다.

그 일이 있은 뒤부터 강 선생은 홍연이의 눈길이 어쩐지 전과 달라진 듯 느껴진다. 수업 시간에는 이전보다 더욱 수줍음을 많이 타고, 자신과 시선이 마주칠 때면 앞자리에 앉은 아이의 등 뒤로 얼굴을 숨기기 때문이다.

오늘 선생님이 내 팔을 살짝 꼬집었다. 나는 너무나 뜻밖의 일에 얼굴이 홍당무처럼 붉어졌고, 부끄러워서 어쩔 줄을 몰랐다. 학교에서 집에 돌아오면서도 나는 기분이 이상하고 또 이상했다. 선생님이 왜 내 팔을 꼬집었을까. 그게 무슨 뜻일까. 나는 지금도 그 생각을 하며 잠을 이루지 못하고 있다. (52)

인용문에서처럼 강 선생은 그 주의 일기장을 검사하다 저절로 얼굴이 붉어진다. 자신은 그저 장난으로 한 번 살짝 꼬집었을 뿐이지만, 홍연이가 선생의 뜻을 궁금하게 생각하며 잠을 이루지 못했다고 일기장에 적었기 때문이다. 강 선생은 자신의 '큰 실수'라고 생각하면서 홍연이가 그 일 때문에 선생의 마음을 '엉뚱한 방향'으로 짐작한다면 큰 낭패라고 생각하게 된다. 하지만 강 선생은 '기분이 언짢은 것'이 아니라 '묘한 재미'마저 느끼게 된다. 이렇듯 학생 홍연이를 향해 선생과 남성 사이에서 흔들리는 감정을 보여주는 강 선생의 내면 풍경이 이 작품의 핵심적인 서사적 장치가 된다. 교사가 여학생의 낭만적 상상을 남성에 대한 호감으로 치환하며 자신의 욕망을 내비치고 있는 셈이다.

다음 날 홍연이의 일기는 선생을 향해 질문을 던지는 편지 같은 내용으로 일관된다.

선생님, 어제 왜 제 팔을 살짝 꼬집었습니까? 오늘도 저는 어제 그 일을 잊을 수가 없습니다. 학교에서 공부를 할 때도, 집에 돌아올 때도 저는 그 생각을 했습니다. 선생님, 그 뜻이 무엇인지요? 왜 제 팔을 꼬집으셨는지 말씀해 주세요. 아무리 생각해도 그 뜻을 확실히 알 수가 없습니다. (52)

인용문에서처럼 홍연이는 자신의 팔을 꼬집은 선생의 마음을 알고 싶어 하면서 계속해서 질문한다. 그 일을 잊을 수 없다면서 선생에게 자신의 팔을 꼬집은 저의(底意)를 확실히 알려달라고 요구하는 것이다. 그러자 강 선생은 홍연이가 '선생님의 뜻'을 '야릇한 방향'으로 짐작한 채 얼굴을 붉히면서 일기를 쓴 게 틀림없다고 상상한다. 강 선생은 이제 일기 지도의 입장에서 간단한 평을 해주어야 할지 아니면 질문에 대한 회답을 적어 주어야 하는지 고민하게 된다. 결국 고민 끝에 회답을 적어 주기로 마음먹는데, 그냥 회피를 하면 홍연이의 '야릇한 짐작'을 수긍하는 결과를 낳을 수 있기 때문이다.

하지만 강 선생은 여전히 어떻게 대답을 해야 할지 고민이 된다. "네가 귀여워서? 아니면 너에게 장난을 치고 싶어서?" 등의 대답이 연상되면서 스스로 자꾸 터져 나오는 웃음을 참을 수가 없기 때문이다. 이런 내용을 통해 볼 때 강 선생은 이미 학생 홍연을 한 사람의 여성으로 인식하고 있는 셈이다. 그러나 선생으로서 아이의 일기장에 장난 같은 짓을 할 수 없겠다는 이성적인 판단 끝에 강 선생은 사실을 밝히는 내용으로 '가장 적절한 조치'를 수행하고자 한다. 그리하여 홍연이의 일기 끝에 "누구 팔인 줄도 모르고 그저 장난으로 그랬을 뿐이다. 아무 뜻도 없다."고 대답을 적어 넣게 된다.

하지만 다음 주 월요일 일기장을 돌려준 뒤부터 문제는 더욱 심각해진다. 홍연이의 기색이 영 신통치가 않고, 무엇을 잘못 먹은 아이처럼 찌뿌드드한 얼굴로 공부에 흥미를 잃은 듯이 선생을 잘 쳐다보지도 않는 날이 계속되기 때문이다. 며칠 뒤 수업 시간에 홍연이의 책상 옆에서 강 선생이 '어디 아프냐'고 질문하지만 홍연이는 아무런 대답을 하지 않는다. "꼭 어디 아픈 사람 같다."고 말하자 "아무 데도 안 아파요."라고 퉁명스럽게 대꾸할 뿐이다.

다음 주에 홍연이가 쓴 일기를 보면서 강 선생은 적잖이 당황하게 된다. 홍연이를 향해 "아무 뜻도 없었다"는 강 선생의 답변 이후 홍연이의 일기 내용이 온통 자신을 둘러싼 타인과 주변 세상을 향한 분노로 일관되어 있기 때문이다. 엄마의 잔소리에 짜증을 내다가 "엄마 꼴이 보기 싫다"고 미움의 감정을 쏟아내기도 하고, 남동생을 실컷 꼬집어서 엉엉 울려놓기도 하며, 알을 낳은 암탉을 보며 활개를 치는 수탉에게 '꼴불견'이라며 미움을 토로하기도 하고, 학교생활에서 재미를 얻을 수 없다면서 자퇴하고 싶다는 마음을 적기도 하는 것이다. 모든 것이 강 선생을 향한 자신의 연정이 거부당한 사실에서 기인하는 감정의 즉흥적 표출인 셈이다.

강 선생은 홍연이의 일기를 보면서 자신이 한 대 가볍게 얻어맞은 것 같은 느낌을 받는다. 보통 아이가 아니라는 생각과 함께 놀라움을 금치 못하게 되면서 '홍연이의 어긋난 심리상태'를 바로잡을 방안을 강구하게 된다. 하지만 '너무나도 민감한 사안'이라는 생각에 뚜렷한 묘책이 떠오르지 않는다. 섣부른 방법을 활용했다가는 도리어 우습게 될 수도 있을 뿐만 아니라 자신을 향한 홍연이의 '야릇한 감정'에 부채질을 하는 결과를 낳을 수도 있기 때문이다.


## 5) 홍연이의 무단결석과 가정방문 이후 출석 독려

그러던 어느 날 홍연이가 결석하는 일이 발생하자 강 선생은 홍연이의 집을 찾아가기로 마음을 먹게 된다. 홍연이의 '묘하게 비뚤어진 심리'를 바로잡을 좋은 기회라고 생각한 것이다. 하지만 자신의 가정방문이 매우 교육적인 행위라고 생각하면서도 동시에 '교육적이라고만은 할 수 없는 묘한 감정'이 자신의 내부에 안개처럼 서려온다. 홍연을 향해 자신 역시 은연중에 연정을 품고 있었기 때문이다.

그러니까 가정방문은 매우 교육적인 것이었다.
그러나 한편으로 나는 교육적이라고만은 할 수 없는 묘한 감정이 나의 내부에 안개처럼 서리는 것을 느꼈다.
홍연이가 정말 학교를 그만둬서는 안 된다는 생각이 드는 것이었다. 그 생각은 물론 교육적이기도 했다. 도대체 제자가 학교를 그만두기를 바라는 스승이 어디 있겠는가.
그런데, 내 속에서 물안개처럼 피어오르는 감정은 그렇게 단순한 것이 아니었다. 그런 제자를 향한 스승의 마음으로만 이해될 수 있는 그런 성질의 것이 결코 아니었다.
홍연이의 자리가 교실에서 정말 없어져 버린다면, 매우 허전할 것만 같은 생각이 드는 것이 아닌가. 그 애의 이름이 출석부에서 정말로 삭제되어 버린다면 교단에 서도 별 재미가 없을 것만 같은 그런 생각이 드는 것이 아닌가. (57-58)

인용문에서처럼 강 선생은 한편으로는 교사로서 교육적인 생각을 하지만, 곧이어 자신의 감정이 '제자를 향한 스승의 마음으로만 이해될 수 있는 성질이 아님'을 확인하게 된다. 홍연이의 무단결석이 지속되거나 교실에서 사라져 버린다면 "매우 허전할 것만 같은 생각"이 들기 때문이다. 더구나 교단생활 역시 '별로 재미가 없을 것 같은 생각이 든다'면서 자신의 내면을 솔직하게 들여다보게 된다. 홍연이의 부재가 낳을 '허전함'과 '재미없음'이라는 판단은 결국 홍연이를 향한 강 선생의 관심을 넘어선 연정 표명에 해당하는 것이다.

학교에서 10리가량 떨어져 있는 홍연이네 집을 찾아간 강 선생은 자신을 맞이하는 홍연이 어머니로부터 "망할 년이 공연히 에미 속 썩이려고" 그러나 보다면서 "쾅쾅 두들겨 주세요"라고 당부하는 말씀을 듣게 된다. 자초지종을 모르는 홍연이 어머니는 '사랑의 매'로 딸에 대한 미움과 분함을 표출한 셈이다.

이후 장독대 앵두나무 그늘에 쪼그리고 앉아 있던 홍연이에게 다가간 강 선생이 '왜 무단결석을 했냐'고 묻자, 홍연이는 '학교 다니기 싫어서'라고 대답한다. 이어서 강 선생이 '홍연이가 아픈지 사고가 생겼는지 걱정했다'는 말을 건네자 그제야 홍연이의 뺨이 복사꽃처럼 발그레 물들면서 두 눈에는 윤기가 떠오른다. 뒤 이어 마루에 왜 엎드려 있었느냐고 강 선생이 묻자 홍연이는 "몰라요. 흐흐흐……."라며 고개를 숙인 채 웃음을 터뜨린다. 홍연이를 걱정했다는 선생의 말씀이 홍연이의 응어리진 마음을 풀게 만든 것이다. 이후 강 선생은 "내일부터 무단결석 말고 잘 나와. 홍연이가 안 나오면 어쩐지 재미가 없어."라고 말하는데, '마지막 말은 하지 말 걸' 하는 후회를 하기도 한다. 홍연이의 기분을 풀어주려고 한 말이지만, 홍연이에게 자칫하면 '설렘이나 기대'를 줄 것 같기 때문이다. 이렇듯 『내 마음의 풍금』은 홍연이와 홍연이의 일기를 경유하며 1인칭 시점으로 교사인 강 선생의 동요하는 내면 풍경을 섬세하게 포착하고 있다는 점에서 작품의 서사적 리얼리티를 확보하게 된다.

### 6) 재등교 이후 처녀의 눈길로 변한 홍연

이튿날 강 선생이 출석을 부를 때 학교에 등교한 홍연이가 '예'라고 대답하며 살짝 얼굴을 붉히는데, 강 선생은 홍연이의 시선이 '선생을 보는 여학생의 시선'이 아니라 '이성을 향한 야릇한 시선'에 더 가깝다고 느끼게 된다. 홍연이 '총각 앞에서 수줍음을 타는 처녀의 눈길'을 선생에게 보내고 있기 때문이다.

며칠 뒤 강 선생의 하숙집에 홍연이가 선물로 앵두 한 보시기를 갖다 놓는데, 그날 저녁 내내 강 선생이 앵두를 조금씩 집어 먹으면서도 홍연이에게 '고맙다'고 말할 기회를 놓치게 된다. 이후 홍연이의 다음 일기장에는 선생님의 하숙방을 들여다보고 싶다는 내용이 적혀 있다. 강 선생은 홍연이의 심리가 눈에 보이는 듯하여 "앵두 고맙게 받았다. 홍연이가 갖다 놓은 줄을 대뜸 알았다. 내 방에 한 번 들어가 보고 싶었다 하니, 나중에 내가 있을 때 놀러 오너라."라고 일기장 끝에 적게 된다.

그리고 그 주의 일요일 강 선생은 홍연이가 찾아올지도 몰라 방에서 책을 읽으며 지내지만 홍연이는 끝내 나타나지 않는다. 하지만 홍연이의 일요일 일기에는 강 선생의 하숙방 관찰일지가 적혀 있다.

선생님의 하숙집에 놀러 가려고 아침을 먹자 바로 집을 나섰

다. 어머니는 일요일인데도 학교에 가느냐고 야단을 치셨다. 나
는 선생님 하숙집에 놀러 간다고 하지 않고, 학교에 볼일이 있어
서 간다고 했던 것이다.

선생님 하숙집 사립 밖에서 들여다보니 선생님은 집에 계셨다.
그러나 나는 안으로 들어갈 수가 없었다. 선생님이 러닝 바람으
로 방에 누워 계셨기 때문이다. 러닝도 소매가 없는 겨드랑이가
다 드러나는 러닝이었다. 아직 한여름도 아닌데 선생님은 그렇게
더우신지, 나는 안타까웠다.

선생님이 겨드랑이를 내놓고 누워 계시는데 부끄러워서 어떻
게 선생님 하고 부르면서 안으로 들어간단 말인가. 선생님이 와
이셔츠를 입고 계서도 부끄러울 텐데 말이다.

나는 사립 밖에 붙어 서서 안을 들여다보며 선생님이 와이셔
츠를 입으시길 기다렸다. 그러나 선생님은 언제까지나 그대로
계셨다. 나는 하는 수 없이 다음에 또 찾아가기로 하고 집으로
돌아왔다.

집으로 돌아오면서 나는 부아가 나서 혼났다. 선생님은 왜 벌
써 그런 러닝을 입고 계시는지 모르겠다. (86-87)


인용문에서처럼 강 선생은 홍연이의 일기를 보며 웃음을 터
뜨린다. 홍연이가 학교에 볼 일이 있다고 어머니께 둘러대고 일
부러 강 선생의 하숙집까지 찾아왔다가 '소매 없는 러닝'을 입
은 선생을 보고 그냥 되돌아간 사실을 알았기 때문이다. 강 선
생은 홍연이가 '내성적인 아이'이자 '수줍음을 타는 성미'인데
다가 이제 '성숙한 처녀'라는 사실을 확인하게 된다. 강 선생은

'소매 없는 러닝'을 입고 있었던 사실에 후회가 되기도 하고 홍연이에게 미안한 생각이 들기도 하여, 홍연이의 일기 끝에 "소매 없는 러닝을 입고 있어서 미안하게 됐다."고 적는다. 이렇듯 선생에 대한 홍연이의 연정 어린 관음증과 홍연이를 향한 선생의 다양한 피드백이 사실은 두 사람 사이에 연정의 교감 행위로 이어지고 있는 셈이다.

### 7) 홍연이의 연적인 '양 선생'의 등장

아카시아 향기가 온 마을을 적시던 늦은 봄날 '양은희 선생'이 나타난다. 양 선생의 등장은 산리국민학교뿐만 아니라 인근 마을 전체의 사건이 되는데, 산골학교에 젊은 여선생이 부임해 온다는 사실이 아주 드문 일이기 때문이다. 여자 선생님의 부임을 손꼽아 기다리던 사람은 남자 선생님들인데, 가뜩이나 따분하기만 한 산골 학교생활에 남자들만 우글거리는 교무실이 지루함과 투박함을 더할 뿐이기 때문이다. 양 선생은 단조롭고 무덤덤한 산골 생활에 활력을 불어넣어 줄 일종의 '향기로운 바람 한 점'이 된다.

양 선생의 등장에 강 선생도 가슴이 몹시 설레게 된다. 양 선생이 26세의 노처녀이지만 나이나 교단 경력에서 한참 위인 누님이자 선배인데다가 별로 미인이라고는 할 수 없지만 묘하게 사람을 끌어당기는 매력이 있기 때문이다. 양 선생은 4학년 1반을 담임하는데 강 선생의 5학년 교실 옆에 위치하게 된다. 여름철이면 창문을 열어놓고 수업을 하는 터여서 양 선생의 목소리가 곧잘 강 선생네 교실까지 들려온다. 부드럽고 너그러운 성격

이어서 교무실에서도 곧잘 웃으며 남선생들과 이야기도 잘하는 서글서글한 성격이다. 게다가 엄격하고 격한 면도 있어서 학생들을 꾸짖는 목소리가 거침없기도 하다. 양 선생은 음악 시간이면 열을 올리고 신명을 내는데, 성량도 풍부하며 음색도 부드럽고 고운 편인 데다가 풍금도 잘 탄다. 한마디로 양 선생은 '활달한 여선생'이면서 동시에 조용하고 정숙한 구석을 간직한 '매력적인 여선생'으로 묘사된다.

어느 날 방과 후에 교실에서 책 읽기에 몰입한 양 선생을 보게 된 강 선생은 매력적으로 느껴지는 양 선생과 시선이 마주친다.


그런데 양 선생의 얼굴에는 한동안 아무런 표정이 떠오르지 않았다. 아마도 시선만 떼었을 뿐 양 선생의 마음은 아직도 책 속에 잠겨 있는 모양이었다. 아니 무슨 다른 생각에 골몰해 있던 중이었는지도 모를 일이었다.

이윽고 양 선생이 웃는 듯 마는 듯한 엷은 미소를 떠올렸다.

그러나 그것뿐이었다. 양 선생은 다시 손에 들고 있던 책으로 시선을 떨구고 말았다.

아주 짧은 순간이었지만, 나는 온몸에 짜릿한 떨림이 전해져 오는 것을 느꼈다. 탄탄히 서 있던 두 다리가 휘청이는 듯도 했다.

살짝 내비친 양 선생의 그 야릇한 미소 때문이었을까. 그것은 수줍음을 드러내는 것 같기도 했고, 내 시선 따위는 무시해 버리겠다는 의도로 비쳐지기도 했다.

나는 불현듯 그녀 곁으로 다가가고 싶은 야릇한 충동을 느꼈다. 무슨 책을 읽고 있기에 저렇게 몰입해 있는 것일까 하는 호기

심이 동하기도 했고, 훼방을 놓고 싶은 짓궂은 장난기가 머리를
쳐들기도 했다. (95)

인용문에서처럼 강 선생은 양 선생의 '엷은 미소'를 떠올리
며 두 다리가 휘청거릴 정도로 '짜릿한 떨림'을 경험한다. 더구
나 '수줍은 듯한 야릇한 미소'를 보면서 '야릇한 충동' 속에 '호
기심과 장난기'가 동하여 양 선생이 읽고 있는 책에 대해 질문
을 던지게 된다. 강 선생이 재차 '연애소설'인지를 되묻자 양 선
생은 "아무 책도 아니"라고 답변한다. 다시 강 선생이 '수상한
책'이 아니냐고 묻자 양 선생의 표정이 단번에 확 뒤바뀌게 된
다. '쑥스러워하던 기색'에서 '서늘한 냉기'를 띠면서 얼굴이 굳
어진 양 선생을 보며 강 선생은 자신이 경솔했다고 생각하게 된
다. 본인은 '수상한 책'을 "성에 관계되는, 남 앞에 떳떳이 공개
하기가 부끄러운 책"이라는 의미로 내뱉은 말이지만, 양 선생이
'불온한 책'이라는 의미로 받아들인 모양이라고 판단하게 된다.
당시에는 체제에 반하는 모든 것들이 철퇴를 맞고 있던 시절이
었고, 불온한 책들이 밝은 빛을 피해 그늘에서 그늘로 슬금슬금
나돌고 있던 시절이었기 때문이다.

하지만 강 선생이 '낯간지러운 연애소설'이라고 생각했던 양
선생의 책은 '육아에 관한 책'이었다. 이후 양 선생의 감정이 풀
리자 강 선생은 장난기를 섞어 말을 건네고 두 사람 사이의 대
화가 오래도록 이어진다. 21세 풋내기 총각 선생과 26세 처녀
선생이 마치 '정다운 오누이'처럼 유쾌하게 웃음을 주고받는 장
면이 그려지고, 첫 번째 만남 이후 두 사람은 자연스럽게 오누

이처럼 관계를 유지하게 된다. 강 선생에게는 '누님 같은 양 선생의 등장'이 산골 학교생활에 새로운 기쁨과 함께 가슴 설렘을 가져다준 셈이다.

### 8) 홍연이를 향한 강 선생의 성적 충동

그즈음의 어느 날 가설극장 업주가 학교 운동장을 빌려 영화 상영을 하게 된다. 영화는 이윤복 군의 일기를 영화화한 〈저 하늘에도 슬픔이〉인데, 넝마주이에게 매를 맞고 구두 통을 빼앗긴 날에도 일기를 썼다는 윤복이의 힘겹고 고단한 생활이 관객을 울리고 감동의 박수를 치게 하기에 충분한 내용이다. 강 선생도 잠시 구경을 하다가 슬그머니 자리를 뜨게 되는데, 집으로 돌아가다 홍연이가 정문 옆 나무 그늘에 혼자 앉아 있는 모습을 발견하게 된다. 강 선생을 본 홍연이는 영화 구경을 하지 않고 선생님을 기다리고 있었다고 말한다. 강 선생이 홍연이 곁으로 다가와 주저앉자 홍연이는 수줍음을 느끼면서도 좋아하는 감정을 숨기지 않는다. 마치 '좋아하는 총각' 곁에 앉은 '수줍은 처녀'처럼 보인다.

강 선생은 제자 옆에서 자신에게 '야릇하고 묘한 감정'이 일어나는 상황을 감지하지만, 스스로 선생이라는 사실을 잊지 않기 위해 마음을 다잡으려 노력한다. 달이 밝아서 좋다는 말을 중얼거리던 강 선생이 홍연이에게 왜 자신을 기다리고 있었냐고 묻는데, 홍연이는 선생을 흘겨보면서 웃기 시작한다. 그러자 강 선생은 "왈칵 홍연이를 껴안아버리고 싶은 충동"을 느끼게 된다. '선생이 아니라 남성'으로서 '학생이 아니라 여성의 육체'에

접촉하려는 충동을 품게 된 셈이다.

하지만 가까스로 자신의 욕정을 참아낸 강 선생이 다시 질문을 하자 홍연이의 눈가에는 '야릇한 물결'이 일어난다. 이어서 홍연이가 "선생님 바보!"라고 내뱉듯이 말한 이후 '터져 나오려는 웃음을 애써 참는 웃음'을 웃기 시작한다. 강 선생은 그런 홍연이를 가만히 지켜보면서 두 눈으로 "홍연이의 그 큭큭거리는 모습을 더듬듯, 어루만지듯, 지그시 감싸 안"는다. 관음증적 시선으로 홍연이를 '제자가 아니라 여성'으로 인식하며 그 육체를 탐닉해보고 싶은 욕정을 드러낸 것이다.

차츰 숨결이 더워지며 가슴이 벌떡거렸다. 두 눈 가득 열기가 담기는 듯도 했다. 어떤 기로에 서 있는 느낌이었다.

나는 그만 슬그머니 엉덩이를 들어 그 애 쪽으로 다가앉고 말았다. 그리고는 두 팔을 들어 그녀를 덥석 안아 버릴까 어쩔까, 초조하게 망설이기 시작했다. 두 손의 손가락들이 가늘게 떨리고 있었다.

홍연이는 내가 바로 옆으로 다가앉자 몹시 긴장한 눈치였다. 얼어붙은 듯 바짝 굳어서는 가만히 웅크리고만 있었다. 머리를 깊이 숙이고 있었지만 모든 사태를 감지하고 있는 듯했다.

달밤의 나무 그늘 속에는 팽팽한 긴장감이 감돌고 있었다.

그러던 한 순간이었다. 폭발 직전의 긴장을 일시에 무너뜨리는 사태가 발생했다.

"아야!"

나는 냅다 비명을 지르며 한 손을 얼른 볼로 가져갔다. 불에 데기라도 한 듯 오른쪽 볼이 화끈거렸다. 마치 누가 따귀라도 한 대 호되게 때린 것 같았다.

모기였다. 모기도 아주 왕모기였던 모양으로 쏜 자리가 어찌나 아픈지 정신이 얼얼할 지경이었다. (113-114)


인용문에서처럼 육체적 충동을 느끼던 강 선생은 홍연이를 자신의 성적 욕망의 대상으로 감지한다. 하지만 둘 사이에 팽팽하던 긴장감은 일거에 무너지게 되는데, 우연인 듯 필연인 듯 왕모기가 날아와 강 선생의 볼을 쏘았기 때문이다. 홍연이는 '모기가 잘했다'면서 '참으로 고맙다'고 생각한다. 선생에게서 '교사와 남성을 동시에 바라는 양가적 감정'이 홍연이의 마음속에 내면화되어 있었기 때문이다. 이어서 강 선생은 "콱 으스러지게 껴안고 싶도록 귀엽고 아리따운 계집애의 심리"를 확인한다. 홍연이를 '학생이 아닌 여성'으로 인식한 셈이다.

하지만 이후 강 선생이 홍연에게서 느끼던 '야릇하고도 묘하던 기분'이 갑작스레 사라지게 된다. 운동장 쪽에서 들려오는 웃음소리로 인한 소란이 강 선생과 홍연이 사이에 펼쳐지던 '호젓하고도 감미로운 분위기'를 삽시간에 뒤흔들어 버렸기 때문이다. 잠시나마 충동적이었던 강 선생은 이제 이성을 회복하게 되면서 갑자기 불안을 느낀다. 남자 선생과 여학생이 어둠 속에 단둘이 앉아 있는 모습을 누가 보게 되면 어떻게 하나 하는 걱정이 들기 시작한 것이다.

홍연이 역시 서먹하고 멋쩍은 듯 앉아 있는데, 강 선생이 어색함을 정리하듯 먼저 잠을 자러 가겠다면서 일어난다. 하지만 홍연이는 그 자리에 그대로 앉아 있을 뿐이다. 강 선생은 자신이 홍연의 곁에 있을 때는 '묘한 기분'이 들었지만, 그럼에도 불구하고 홍연이가 '이성으로 간절하게 느껴지지는 않았다'고 스스로에게 변명하듯 생각한다. 하지만 '묘한 기분'과 '간절한 이성이 아닌 홍연'이라는 판단은 사실상 위선적인 거짓말에 가깝다. 겉으로는 자신이 남성이 아니라 교사임을 추인하고자 하지만, 강 선생의 내면에서는 '학생 홍연과 여성 홍연이 혼재'되어 있기 때문이다.

강 선생은 홍연이의 일기를 통해 홍연이의 그날 밤 심정을 읽게 된다.

나는 오늘밤 정말 영화가 보고 싶었다. 그러나 참았다. 영화보다도 선생님이 더 만나고 싶었던 것이다. 고요한 밤에 선생님을 만나면 얼마나 좋을까, 생각하니 영화 같은 것은 오히려 시시하게 느껴졌다.

선생님과 단둘이 앉아 있는 동안 나는 자꾸 웃음이 나오려고 해서 애를 먹었다. 이상하게 긴장이 되면서도 자꾸 웃고 싶기만 했다.

선생님은 영화가 끝날 때까지 왜 그대로 앉아 계시지 않고 중간에 가버리셨는지, 미워 죽겠다. 선생님이 가버리신 뒤에도 나는 영화 구경을 하러 일어서지 않고 그대로 그 자리에 가만히 앉아 있었다. 하숙집으로 돌아가신 선생님은 쿨쿨 주무시겠지. (117)

인용문에서처럼 홍연이는 영화를 보기보다는 선생님을 만나고 싶어 학교에 나온 것이다. 고요한 밤에 실제로 만난 선생 옆에서 홍연은 긴장감 속에서도 '헤픈 웃음'을 웃게 되는데, 전형적인 첫사랑의 연정을 보여주는 대목이다. 홍연이의 일기를 보며 그날 밤의 '야릇한 기분'이 되살아난 강 선생은 한마디 적을까 하는 심리적 충동을 느끼다가 그만둔다. 만일 내용을 적는다면 '나도 하숙방에 돌아와서 홍연이 생각을 했지. 그냥 쿨쿨 자버리지는 않았어.' 하는 식이 될 것 같지만, 선생이 지켜야 할 선을 넘어서는 것처럼 여겨졌기 때문이다. 결국 성적 충동의 세계에서 가까스로 벗어난 강 선생은 이성의 자제력을 발휘하며 그냥 검사했다는 표시만을 남기게 된다.

### 9) 강 선생과 양 선생의 음악적 교감

양 선생이 일직을 서고 있던 일요일에 학교에서 뜨개질을 하고 있는 모습을 본 강 선생은 자신의 교무실로 가서 풍금을 타기 시작한다. 양 선생이 자신에게 관심을 보여주기를 기대하면서 처음에는 국민가요와 같은 건전한 곡으로 노래를 시작하지만, 나중에는 감상적인 대중가요를 연주하다가 풍금에 맞추어 〈우리 애인은 올드미스〉라는 노래까지 부르게 된다. 양 선생이 유행가를 제법 잘한다고 칭찬하자, 강 선생은 〈산장의 여인〉을 연이어 부른 뒤 번안곡으로 알려져 있던 〈아름다운 갈색 눈동자〉를 영어로 부르기 시작한다. 양 선생의 입에서도 같은 노래가 흘러나오고, 후렴부에 접어들자 양 선생이 하이소프라노로 화음을 넣게 된다.

둘의 노래가 끝난 뒤 이제 양 선생이 풍금을 치면서 〈보리밭〉

을 연주하게 된다. 둘이 함께 노래를 부르게 되면서 일요일 오후의 교무실은 둘에게 '일종의 음악회장'처럼 느껴진다.

　노래를 마치자 양 선생은 멋쩍은 미소를 띠며 자리에서 일어나려고 했다. 내게 다시 풍금을 양보하려는 것이었다.
　"아닙니다. 양 선생님이 한 곡조 더……."
　나는 자리에서 일어서려는 양 선생을 그만 두 손으로 덥석 잡고 말았다. 양 선생의 등 뒤에 약간 옆으로 비켜 서 있던 내가 무의식중에 잡은 것은 양 선생의 양쪽 어깨 조금 아래의 팔이었다.
　그런데 참으로 묘했다. 자리에서 일어서려는 것을 만류하기 위해 무의식중에 잡은 것일 뿐인데, 아뿔싸, 싶은 것이 아닌가. 이렇게 잡아도 되는 것인가 하는 생각이 번쩍 드는 것이었다.
　또한 기분이 야릇했다. 무엇보다도 그녀의 팔이 의외로 탱탱하고 미끈했기 때문이었다. 여자의 팔이니 부들부들할 줄 알았는데 그게 아니었다. 양 선생의 피부는 아주 탄력 있고 싱싱했다.
　나는 손바닥을 통해 짜릿한 기운이 전신으로 퍼지는 것을 느끼며 가볍게 몸을 떨었다. 얼른 손을 놓아 버릴까도 싶었다. 그러나 어떤 알 수 없는 힘이 나를 붙들고 옴짝도 못하게 했다. 양 선생의 팔을 잡고 있는 두 손을 떼려야 뗄 수가 없었다. 오히려 나는 내 양손에 더욱 힘을 가하고 있었다.
　나는 얼굴이 벌겋게 달아오르는 것을 느꼈다. 가슴속에서는 커다란 바위 하나가 사정없이 요동을 치고 있었다.
　일어서려다 양쪽 팔을 붙들린 양 선생은 그대로 다시 주저앉았다. 양 선생은 한동안 꼼짝도 하지 않고 눈앞의 벽을 노려보고만 있었다. 그러나 나의 두 손이 팔에서 떨어질 줄을 모르고 오히려 더욱 힘을 가하는 듯하자, 힐끗 나를 뒤돌아보았다. 그녀의 뺨도 발그레해져 있었다.

타는 듯한 내 시선과 마주치자, 그녀의 두 눈이 불안하게 흔들렸다. 그녀는 몹시 당황하는 눈치였다.

잠시, 숨이 막힐 듯한 긴장감이 흘렀다.

그러나 양 선생은 이내 정신을 가다듬고 말했다.

"강 선생, 이러면 못 써요."

그새 차분하게 가라앉은 목소리였다.

나는 좀 민망했다. 그러나 두근거리는 가슴은 좀체 멎질 않았고, 숨결은 자꾸만 더워져 갔다. 이렇게 두 팔만 붙들고 있을 게 아니라 왈칵 뒤에서 껴안아 버릴까, 어쩔까…….

나는 초조하게 망설이며 뜨거운 침을 꿀꺽 삼켰다.

그때였다. 킬킬킬, 웃는 소리가 들렸다. 운동장 쪽 창문이었다.

힐끗 돌아보는데, 몇몇 아이들의 얼굴이 잽싸게 창문턱에서 사라졌다. 운동장에서 놀던 아이들이 풍금 소리와 노랫소리에 이끌려 모여들었던 모양이었다.

나는 정신이 번쩍 들어 얼른 양 선생의 팔에서 손을 뗐다.

창피한 생각이 왈칵 몰려들었다. 아이들에게 여선생의 팔을 잡고 있던 모습을 들켜버린 것도 부끄러웠고, 선생이라면서 풍금을 타며 교무실에서 대중가요를 신나게 불러댄 사실도 못 견디게 수치스러웠다.

말 많은 아이들의 입에서 어떤 말이 퍼질지, 슬그머니 걱정이 되기도 했다. (132-134)

226

인용문은 강 선생과 양 선생의 성적 긴장감을 섬세하게 포착하면서 두 사람 사이의 심리적 떨림을 가장 잘 묘사한 대목에 해당한다. 인용문에서처럼 강 선생은 양 선생과 노래를 부르며 '야릇한 기분' 속에서 육체적 떨림에 젖어든다. 더구나 두 손으로 붙잡은 양 선생의 팔을 통해 육체적 교감이 이루어지면서 둘 사이에 막아두었던 '관계의 두려움에 대한 장막'이 사라진다. 그러나 양 선생이 가까스로 정신을 가다듬고 차분하게 "강 선생, 이러면 못 써요."라고 금지의 언어를 발설하자 강 선생은 이성을 회복하게 된다. 그럼에도 불구하고 "왈칵 뒤에서 껴안아 버릴까" 하는 갈등 속에 강 선생의 심장박동은 멈추지가 않는다. 이성적인 양 선생과 충동적인 강 선생의 심리적 동요와 성격 대비가 선명하게 드러나는 대목이다. 하지만 그때 운동장 쪽 창문에서 아이들의 킬킬킬 하는 웃음소리가 들려오면서 둘은 서로 떨어지며 이성을 찾게 된다.

이후 학교에 곧 '야릇한 소문'이 퍼지는데, 강 선생은 방과 후에 숙직실 앞 오동나무 그늘에 앉아 공기놀이를 하던 계집아이들이 "강 선생하고 양 선생 연애하는 거 한 번 봤으면 좋겠다."라고 말하며 웃는 모습을 발견한다. 아이들이 "이번 일요일에도 교무실에서 불끈 안을라나?"라며 호기심 어린 대화를 나누는데, 뒤에서 불끈 안더라면서 앞에서 안아야 진짜 연애가 된다는 식의 이야기를 이어가자 강 선생은 '처참한 기분'을 느끼게 된다.

더구나 강 선생은 다음 날 변소에 쓰여 있던 낙서를 목격하면서 또 한 번 몽둥이로 얻어맞은 것 같은 느낌을 받게 된다. "안았네, 안았네, 뒤에서 안았네. (…) 강 선생+양 선생=어린애새 끼"라는 낙서를 보던 강 선생은 가벼운 현기증을 느끼지만, 그 래도 앞의 낙서가 해학이 넘치고, 뒤의 낙서도 기지가 있는 표 현이라고 생각하게 된다. 아이들의 낙서는 대체로 "이맛살이 찌 푸려지는 원색적이고 상스러운 게 많은 법"이지만, "이건 썩 멋 지다고 할 수 있는 낙서"라고 생각되기 때문이다.

## 10) 연적을 향한 홍연이의 질투와 강 선생의 실연 이후
### 되찾은 홍연이의 기쁨

소문과 낙서 소동 이후 강 선생은 뜨개질을 하고 있는 양 선 생에게 연애 소문을 말하지만 양 선생은 아무 일도 아니라는 듯 걱정할 필요가 없다고 말한다. 둘 사이의 헛소문은 홍연이의 일 기에도 반영되어 있는데, 그 주의 일기 거의 대부분이 그 소문 에 관한 내용이다. "선생님이 양은희 선생을 뒤에서 안았다는 게 정말일까. 그 소문이 정말이라면 선생님은 바보야. 바보. 바 보. 정말 보기 싫고 밉기만 한 바보 멍텅구리야.", "아무리 생각 해도 선생님은 바보 멍텅구린 것 같다. 양은희 선생이 자기보다 훨씬 나이가 많은 노처녀라는 것을 선생님은 모르시는 걸까.", "오늘 보니까 양은희 선생이 입술에 루주를 꽤 짙게 칠하고 있 었다. 다른 때보다 얼굴에 분도 더 바른 것 같았다. 서른 살이 다 되어가는 노처녀가 화장을 그렇게 짙게 할 게 뭐람. 그렇게 짙게 한다고 더 젊어지나. 정말 꼴불견이었다." 등의 일기 내용 은 홍연이가 소문에 휩싸인 두 선생을 힐난하는 내용으로 가득 하다.

먼저 강 선생을 향해서는 '바보'라는 표현을 반복하면서 "정말 보기 싫고 밉기만 한 바보 멍텅구리"라고 속내를 털어놓는다. 이어서 양 선생이 26세의 노처녀인 데다가 실제로는 나이를 더 먹은 여자이기 때문에 강 선생이 그런 사람을 안았다는 사실 자체에 대해 불편하고 속상한 속내를 드러낸다. 이어서 마지막으로 30세 정도로 나이가 과장되어 보인다는 양 선생을 향해 '꼴불견'이라면서 시집도 가지 않은 채 자신의 학교로 전근을 온 사실에 대해 불만을 털어놓는다.

이렇듯 짝사랑의 대상인 강 선생은 홍연이의 일기 속에서 '바보 멍텅구리'가 된다. 홍연이는 자신의 심정을 솔직하게 드러내며 '한 사람의 당당한 여자'로서 양 선생과의 소문 앞에서 질투를 내비치는 것이다. 홍연이의 일기를 검사하던 강 선생은 양 선생에게 홍연이의 일기를 보여주고 싶은 충동을 느끼지만, 실제로 보여주지는 않는다. 이것 역시 양 선생의 질투를 유발하려는 강 선생의 미숙한 연애 전략이라는 점에서 강 선생의 동요하는 내면을 보여주는 대목이다. 이후 강 선생은 국민학교 5학년생이 벌써 이런 짙은 질투의 감정을 가지게 된 점이 보통 일이 아니라고 생각하면서 '검' 자만을 커다랗게 표시한다.

차츰 둘 사이의 소문도 가라앉고 낙서도 사라지며 홍연이의 일기에서도 질투의 감정이 더 이상 나타나지 않는다. 하지만 양 선생을 향한 강 선생의 가슴속 설렘과 야릇한 뜨거움은 결코 가라앉지가 않는다. 오히려 은밀하게나마 농도가 더 짙어지는 것처럼 느껴진다.

　　그러나 내 가슴속 설렘이라 할까, 양 선생을 향한 야릇한 뜨거움은 결코 가라앉지가 않았다. 그것은 오히려 은밀하게나마 그 농도가 더 짙어지는 듯했다.

　　마음을 가눌 길이 없어, 나는 밤에도 이리저리 뒤척이며 잠을 못 이루었고, 때로 열기를 머금은 감미로운 신음을 토하기도 했다.

　　그러나 나는 소심한 사내임에 틀림없는 모양이었다. 나의 이 터질 것 같은 설렘을 양 선생 앞에 쏟아놓을 용기가 나지 않았다. 뒤에서 팔을 덥석 잡았던 것처럼, 한 걸음 더 나이가 가슴을 불끈 안아버릴 수도 있을 텐데, 좀체 그런 엄두가 나질 않는 것이었다. (147)


　　인용문에서처럼 강 선생은 양 선생을 향한 짝사랑의 감정으로 인해 잠 못 드는 밤이 계속된다. 17세 때 자신의 첫 번째 짝사랑을 생각하던 강 선생은 그때의 견디기 힘든 날들처럼 지금도 쓸쓸함과 허전함 속에 야릇한 외로움을 보내게 되는 것이다. 처음으로 연애편지를 썼던 17세 시절의 첫사랑이자 첫 짝사랑을 떠올리던 강 선생은 이제 21세의 가을에 다시 '뜨거운 열기'에 휩싸인 셈이다. 하지만 결과적으로 강 선생에게는 이번의 짝사랑 역시 '가슴 터지는 기쁨'이 아니라 '한없는 우수'만을 가져다주어 '초라하고 처량한 꼴'이 되고 만다.

　　여름방학 이후 학교가 시작되자 양 선생이 한결 '화사하고 싱싱한 얼굴'로 돌아오는데, 강 선생은 다시금 '야릇한 덩어리'가 가슴속에서 꿈틀거리기 시작하자 '사랑의 고백'을 어떻게 할까 고민하다가 두 번째 연애편지를 쓰기로 결심한다. 하지만 그러던 어느 날 양 선생이 결혼을 한다는 소식을 교장 선생으로부터 전해 듣게 된다. 강 선생은 현기증 속에 온몸을 감싸는 부끄러움을 느낀다. 혼자서 짝사랑의 백일몽을 꾼 셈이기 때문이다.

양 선생이 결혼을 위해 학교에 휴가원을 낸 날 강 선생은 양 선생을 만나게 된다. 양 선생은 집에서 선을 보라고 해서 결혼을 하게 되었다는 말을 전하면서, "결혼을 하기는 하지만 기쁜 줄도 모르겠고. 그저 그래요. 결혼을 하면 여자는 고생길로 들어서는 거죠. 별수 있겠어요. 처녀 시절이 좋지……."라고 소식을 전한다. 양 선생은 처녀로 언제까지 혼자 살 수는 없는 일이라면서 고생길이라는 사실을 알면서도 그 길로 발을 들여놓지 않을 수 없는 게 인생 아니겠느냐면서 강 선생과 헤어진다. 그날 강 선생은 "잘 다녀오세요. 행복을 빕니다."라고 말하고 난 뒤 정신이 가물가물해질 지경이 될 때까지 술을 마시는 것으로 그려진다.

결혼식 이후 양 선생이 곧 사표를 내고 학교를 떠나자 강 선생은 더욱더 쓸쓸하고 가슴이 허전해진다. 하지만 안타깝고 허망한 생각에 젖어 있는 강 선생과는 다르게 홍연이는 기쁨에 젖어든다.


양 선생님이 사표를 내셨다는 말을 듣고 나는 어찌나 기쁜지 야! 하고 손뼉을 치고 싶었다. 그러나 아이들이 이상하게 생각할 것 같아 손뼉은 치지 않고 싱글싱글 웃기만 했다. 양 선생님은 참 잘 생각하셨다. 결혼을 하면 여자는 남편을 따라가서 살림을 하는 게 옳은 일이다. 나는 기분이 좋아서 오늘 청소시간에 혼자서

물을 세 양동이나 길어다가 열심히 교실을 닦고 또 닦고 했다. 남숙이가,

"너 오늘 왜 이렇게 부지런을 떠니? 별일이야."

하면서 웃었다. 나는 이 일기를 쓰는 지금도 기분이 좋기만 하다.


오늘 조회 때 양 선생님이 우리들에게 작별인사를 하셨다. 다른 아이들은 좀 섭섭한 모양이었으나, 나는 기쁘기만 했다. 선생님의 표정을 보니 좀 화가 나신 것 같았다. 양 선생님이 결혼을 해서 떠나가시는데 선생님이 그런 표정을 지으실 게 뭐람. 나는 속으로 우습기만 했다. 양 선생님은 참 좋으신 분이다. 남편과 함께 살림도 잘 하실 것이다. 양 선생님의 행복을 빈다. (165)


인용문에서처럼 강 선생은 노골적으로 기쁜 마음을 감추지 않는 홍연이가 결혼 이후 학교를 떠나는 양 선생의 행복을 기원하는 내용의 일기를 보며 질투에 젖어 있던 홍연이의 마음을 확인한다. 하지만 짝사랑의 대상을 상실한 강 선생은 홍연이의 그 심리가 어쩐지 얄밉게 생각된다. 교사인 자신을 두고 '아직 복숭아 털도 덜 가신 여학생'이 '수밀도 같은 여선생'과 겨루려고 시도했다는 느낌이 들기 때문이다. 강 선생은 양 선생이 떠나간 뒤 상실감에 젖어 한참 동안이나 안타깝고 허망하고 쓸쓸한 기분에서 벗어날 수 없게 된다. 두 번째 실연을 한 셈이기 때문이다.

이후 봄방학 기간 중에 예고도 없이 강 선생이 갑작스레 전근 발령을 받게 되면서 홍연과의 관계는 끝나게 된다.

## 11) 전근 이후 받은 홍연이의 혈서 편지

강 선생이 새로 부임한 학교는 면소재지 학교인데, 어느 날 강 선생에게 홍연이로부터 편지가 도착한다. 학교 주소 밑에는 '강 수하 선생님'이라는 글씨가 연필로 씌어 있다.


봉투에서 꺼낸 내용물을 펼쳐 든 순간, 나는 그만 깜짝 놀라 두 눈이 휘둥그레지고 말았다. 거짓말처럼, 취기가 싹 가시는 기분이었다.

훨훨 타오르는 불빛 속에 떠오른 것은 시뻘건 피였다.


선생님, 그립고 그리운 선생님, 선생님, 선생님…….


시뻘건 피가 이렇게 선생님만을 수없이 부르고 있었다. 흔들리는 촛불에 비친 시뻘건 피 글씨는 촛불의 흔들림만큼이나 비틀거리며 선명한 자국을 남기고 있었다.


저는 지금 울고 있어요.


마지막 한마디는 조금 희미해진 피로 쓰여 있었다.

그리고 그것이 끝이었다. 두 장의 편지지에는 온통 선생님을 부르는 붉은 절규가 가득했고, 마치 피눈물을 쏟듯 한마디를 덧붙이고 있었다. (190)


인용문에서처럼 술에 취한 채로 편지를 열어 본 강 선생은 홍연이의 혈서를 받아 들고 놀라게 된다. "그립고 그리운 선생님"이라는 연정의 내용이 적혀 있긴 하지만 촛불 아래에서 '시뻘건 피' 글씨가 선명한 자국을 남기고 있었기 때문이다. 뿐만 아니라 뒤이어 "저는 지금 울고 있어요."라는 마지막 한마디가 '희미한 핏자국'으로 적혀져 편지를 끝맺고 있는 내용을 보면서 강 선생은 더욱 놀라게 된다. 피에 젖은 혈서를 보면서 강 선생은 홍연이 피를 토하는 심정으로 써 보냈을 '붉은 절규'이자 '피눈물의 한마디'를 마주한 것이다.

물론 강 선생은 이튿날 맨정신에 편지 내용을 다시 확인하면서는 어제와 다른 느낌을 받게 된다. 어제는 '의외의 일'이어서 얼떨떨하고 멍하기만 할 뿐이어서 '넋을 잃은 웃음'이 나왔던 것도 같지만 오늘은 '가슴에서 솟아오르는 놀라움'을 느끼게 된다. 혈서에서 "참으로 간절하고도 아프게 다가오는, 홍연이의 피맺힌 그리움의 몇 마디"가 확인되기 때문이다. 강 선생은 '아릿한 기운'에 목이 메는 것처럼 느껴지지만, '간절한 그리움'을 '시뻘건 피로 쏟아놓은 편지'에 대해 결국 답장을 보내지 못한다. 그리고 그 뒤로는 홍연이로부터 더 이상 편지가 오지 않는다.

이듬해 강 선생은 징집영장을 받고 군대에 갔다가 제대하는 해에 등단한 뒤 진로가 바뀌게 되어 교직을 떠나 전업 작가의 길로 들어서게 된다. 결혼 이후 아들과 딸의 아버지가 된 강 선생은 '홍연이에 대한 기억'을 "흐린 촛불 아래 시뻘겋게 빛나던 혈서에 대한 기억과 함께, 나도 모르게 가슴을 앓아야 했던 그 아름답고도 아픈 회한과 함께" 선명하게 떠올리면서 작품이 마무리된다.

이렇듯『내 마음의 풍금』은 30여 년이 지난 현재 시점에서 21세 시절 만난 17세 여제자가 중년 여성이 되어 선생님을 방문하는 내용으로 작품이 시작된다. 그리고 30년 전 사진을 꺼내던 홍연이의 왼쪽 새끼손가락이 혈서로 인해 짓뭉개졌을 것으로 짐작되면서 30년 전의 구체적인 추억을 회고하는 내용이 그려진다. 그리고 자신이 전근 간 이후 새로운 학교에서 홍연이의 혈서가 적힌 편지를 받은 강 선생의 당혹스런 감정을 간단하게 부기하면서 "아름답고도 아픈 회한"을 떠올리며 '사랑인 듯 사랑이 아닌' 선생과 학생의 연애담을 마무리하는 작품이다. 결국 작가는 50대가 된 주인공이 제자의 짓뭉개진 왼쪽 새끼손가락을 확인하는 내용으로 시작하여 30년 전 혈서의 의미를 '아름다운 회한의 통증'으로 확인하는 씁쓸한 연애담을 형상화하고 있는 것이다.


## 3. 사실주의적 회고담 – 중편소설 「여제자」(1981)


1990년대 말 60대 후반의 작가가 개작한『내 마음의 풍금』의 구도와는 다르게 1980년대 초 50세 전후에 발표된 원작「여제자」는 '소설가 강수하 선생님'을 찾는 전화가 걸려오는 내용으로 시작된다. 30년 만에 홍연이가 전화를 걸어오자 강 선생은 과거의 기억을 떠올리는데, 무시간적인『내 마음의 풍금』과는 다르게 구체적인 시공간적 배경이 드러난다. 즉 강 선생은 6·25 한국전쟁 전후에 두 군데의 국민학교에서 교편을 잡는데, 당시 18세 때 산리국민학교에 부임했고, 19세에 홍연이와 같은 아이들을 담임했다고 기록된다. 「여제자」의 내용은 실제로 작가의 전기적 사실에 부합한다. 하지만 아마도 10대 후반이 법적인 미성년자라는 판단에 의해 『내 마음의 풍금』에서는 주인공의 연령을 21세로 상향 조정한 것으로 추정된다.

강 선생이 1948년 9월 산리국민학교에 발령을 받고 부임을 한 것이 18세 때다. 처음에는 2학년, 이듬해 봄에 5학년 남녀 혼합반을 맡는데, 5학년 2반은 남학생 20명가량, 여학생 40명가량이다. 이후 강 선생이 매일 일기를 쓰도록 지도하는 내용과 홍연이의 일기를 주목한 내용은 『내 마음의 풍금』의 서사와 거의 흡사하다. 즉 "나는 달밤이면 아무 까닭도 없이 울고 싶어진다. 오늘 밤도 나는 마루 끝에 앉아 밤이 이슥토록 달을 바라보다가 혼자 눈물을 흘렸다."라는 홍연이의 일기 대목을 강 선생이 읽으며 감상적인 아이가 사춘기에 들어선 모양이라고 판단하는 내용이 동일하게 그려진다.

오늘 선생님이 내 팔을 살짝 꼬집었다. 나는 너무나 뜻밖의 일에 얼굴이 홍당무처럼 붉어졌고, 부끄러워서 어쩔 줄을 몰랐다. 학교에서 집에 돌아오면서도 나는 기분이 이상하고 또 이상했다. 선생님이 왜 내 팔을 꼬집었을까. 그게 무슨 뜻일까. 나는 지금도 그 생각을 하며 잠을 이루지 못하고 있다.

선생님, 어제 왜 제 팔을 살짝 꼬집었습니까? 오늘도 저는 어제 그 일을 잊을 수가 없습니다. 학교에서 공부를 할 때도, 집에 돌아올 때도 저는 그 생각을 했습니다. 선생님, 그 뜻이 무엇인

지요? 왜 제 팔을 꼬집으셨는지 말씀해 주세요. 아무리 생각해도
그 뜻을 확실히 알 수가 없습니다.

인용문에서 드러나듯 강 선생은 『내 마음의 풍금』에서처럼 사
실대로 '누구 팔인 줄도 모르고 그저 장난으로 그랬을 뿐'이라
면서 "아무 뜻도 없다."고 적는다. 하지만 이후 홍연이가 학교에
결석하는 등의 내용이 『내 마음의 풍금』과 동일하게 전개된다.
　그러나 「여제자」에서는 『내 마음의 풍금』에서의 영화 상영회
가 운동장 가설무대에서 펼쳐지는 신파조의 연극 공연으로 대
체된다. 그리고 『내 마음의 풍금』에서의 '양은희 선생'은 「여
제자」에서는 '양순정 선생'으로 바뀐다. 여섯 살 위의 누님이
자 4학년 담임은 동일하지만, '은희'와 '순정'이라는 이름의 차
이는 강 선생이 짝사랑하는 연정의 대상이 지닌 순수함을 드러
내기 위한 의도 속에 활용된 장치의 차이로 판단된다. 양 선생
과 풍금을 치면서 노래를 부르는 내용도 두 작품이 서로 상이하
게 전개되는데, 「여제자」의 내용은 작가의 전기적 사실과 부합
하면서 통속적이고 상투적인 신파조로 흐르는 내용을 보여준
다. 즉 주인공이 대중가요인 〈신라의 달밤〉과 〈비 내리는 고모
령〉을 부르는 데다가 일본 대중가요까지 부르는 내용이 제시된
다. 그리고 앞집 누나로부터 일본 노래인 〈쓰끼노 사바꾸(달밤의
사막)〉를 배운 내용이 등장한다. 그리고 1951년 봄에 강 선생이
다른 학교로 전근 발령을 받아 떠나는데, 이후 홍연이의 혈서
편지를 받는 내용은 『내 마음의 풍금』과 동일하게 전개된다.
　물론 『내 마음의 풍금』에서와는 다르게 「여제자」에서는 작품

말미에 30년이 흐른 뒤 연락이 와서 제자인 홍연이와 친구들을 재회하는 내용이 덧붙여진다. 즉 50세를 바라보는 중년부인들이 선생님께 반절을 올리고 홍연이가 핸드백을 열어 한 장의 사진을 꺼내는데, 누렇게 변색된 사진 속에는 20명 남짓한 여학생들과 강 선생이 자운영 꽃밭에서 찍은 모습이 드러난다. 강 선생의 곁에는 홍연이 서 있는데, 강 선생은 홍연에게 '참 소중한 사진'이니 오래오래 보관하라고 말한다. 하지만 사진을 복사하려던 강 선생은 홍연이의 왼쪽 새끼손가락 끝이 마치 무슨 쇠망치 같은 것으로 내리쳐서 짓뭉개진 듯한 모습을 보게 된다.

그때 강 선생은 그녀의 혈서가 머릿속에 번쩍 떠오르지만, 미안하고 가슴 아픈 일이라 미처 그 사연을 제대로 물어보지 못한다. 그리고는 사진을 고이 한쪽 서랍에 넣은 채 제자들을 배웅하는 것으로 작품이 마무리된다.


버스가 멀어져가자, 나는 집을 향해 터벅터벅 걸음을 옮기며, 다음에 홍연이한테 전화가 오면 그 왼손 새끼손가락에 대해서 물어 봐야지 싶었다. 그러면서도 한편 그런 말을 물어봐도 될까 하는 생각이 들기도 했다. 삼십 년이 흘러서 이제 피차 중노의 저무는 길에 들어섰으나, 담담하게 그런 얘기를 나눌 수 있을 것 같기도 했고, 아무리 세월이 흘렀지만 여전히 옛 스승은 스승이요, 제자는 제자인데, 그런 말을 꺼낸다는 것은 좀 이상하지 않을까 싶기도 했다.

그런 생각에 젖으며 천천히 걸음을 옮기고 있는데, 문득 저만큼 길모퉁이를 돌아 국민학교 학생들의 행렬이 나타나는 게 눈에 띄었다. 나는 가만히 걸음을 멈추었다.

소풍을 갔다가 돌아오는 길인 모양이었다. 백이랑 물통 같은 것을 어깨에 멘 아이들이 손을 잡고 지절거리면서 걸어오고 있었고, 그 곁을 담임선생들이 따라 걷고 있었다. 울긋불긋한 그 행렬 위로 가을 오후의 햇살이 좍 퍼져 내리고 있었다. 유난히 눈부신 듯한 햇살이었다.

나는 그 햇살 속을 걸어오고 있는 울긋불긋한 꽃무더기 같은 아이들과 선생들을 하염없이 바라보고 있었다. 마치 삼십 년 전 나의 그 시절을 바라보듯이……

인용문에서 드러나듯 작품 말미에 강 선생은 제자들을 배웅하면서 '교사로서의 추억' 속에 과거와 현재가 자신에게 중첩된 여운을 남기는 내용을 음미한다. 강 선생은 다음에 홍연이에게 왼쪽 새끼손가락의 사연을 물어봐야겠다고 생각하다가 그런 말을 물어봐도 될지 고민하게 된다. 30년이 지났기에 담담하게 혈서와 관련된 이야기를 나눌 수 있을 것 같기도 하지만 그렇다하더라도 "옛 스승은 스승이요, 제자는 제자"라는 판단 속에 질문을 꺼내는 것 자체가 꺼려지기도 하기 때문이다.

그때 강 선생은 우연히 길모퉁이를 돌아가는 국민학교 학생들의 행렬을 가만히 지켜보게 된다. 소풍 갔다가 돌아오는 아이들의 풍경을 보면서 강 선생은 눈부신 가을 오후의 햇살을 완상한다. 그 햇살 속에서 강 선생은 아이들과 선생들을 하염없이 바라보는데, 30년 전 자신의 시절을 바라보듯 추억을 회상하는 것으로 작품이 마무리된다.

이렇게 보면 1981년작인 「여제자」는 강 선생이 30년의 세월을 거슬러 제자인 홍연의 상처와 통증을 현재의 시점에서 위무하려는 방법적 고민 속에 나름의 해법을 담담하게 정리하는 내용이라고 볼 수 있다. 즉 30년의 시간감 속에 홍연이의 왼쪽 새끼손가락 상처 또한 아물었을 것으로 짐작되는 내용이 그려지면서 상처의 흐릿함 속에 과거를 추억하는 현재의 담담함이 주목되는 것이다. 반면에 1999년작인 『내 마음의 풍금』은 작품 도입부에 과거 홍연이가 혈서를 쓰면서 생겼을 것으로 짐작되는 '왼쪽 새끼손가락의 상처'를 관찰자적 관점으로 재현하면시 '과거의 회한과 통증'을 1인칭적으로 상상하며 '열린 결말'로 마무리되는 내용의 작품이라고 볼 수 있다. 「여제자」는 제자의 상처를 아물리게 하려는 1인칭 주인공의 의도적 고민이 '폐쇄적 결말' 구조를 보이는 반면, 『내 마음의 풍금』은 제자의 상처를 확인하지 못한 채 열린 결말로 마무리되면서 '통증과 회한의 감각'이 여전히 지속되고 있음을 보여주는 것이다.

## 4. 아름다운 통증과 애틋한 회한으로로서의 양가적 연애담

1948~1950년 사이에 교사 하근찬이 있다. 산리국민학교에 부임한 10대 후반의 청소년이자 청년이자 어른이자 교사로서의 다면체적 정체성을 지닌 자연인이다. 그리고 10대 중반의 윤홍연이 있다. 네 살 많은 남자 총각 선생님을 사모하며 열 살 많은 여선생을 연적의 대상으로 질투할 정도로 순수한 소녀의 감각

과 충동을 지닌 '산리국민학교 5학년 여학생'이다. 교사인 하근
찬과 학생인 윤홍연 사이에는 교사와 학생의 관계를 넘어서는
10대 후반 청춘 남녀가 간직한 연정의 감각이 자연스레 형성된
다. 홍연이의 연정이 먼저이고 하근찬의 떨림이 나중이지만 양
선생과의 삼각관계 속에서 둘의 관계는 사뭇 복잡한 양상을 띠
기도 한다.

결과적으로 작품 속 홍연과 강 선생의 연애담은 실패로 돌아
간다. 강 선생과 양 선생의 교감도 결과적으로 실패로 돌아간
다. 두 쌍의 실패한 연애담이 1980년대 '여제자의 통증' 속에
1990년대 '내 마음의 풍금'을 타고 2026년에 울려 퍼진다. 그
연정의 기원에는 1948년이 있으며 1949년의 혈서를 거쳐 1981
년의 중편소설 「여제자」를 거쳐 1999년의 장편소설 『내 마음의
풍금』으로 완결된다. 그리고 그 풍금 소리는 영화와 뮤지컬로
재해석된 이래로 여전히 우리의 순수한 연정과 첫사랑의 풍경
을 복원하기 위해 앞으로도 계속 울려 퍼질 것으로 기대된다.

하근찬의 말년작인 『내 마음의 풍금』은 추리소설적 구도 속에
1인칭 주인공인 강 선생의 관찰자적 시점을 통해 제자인 홍연이
와 동료 교사인 양 선생을 향한 내면의 동요를 탁월하게 포착하
여 형상화함으로써 아름다운 통증이자 애틋한 회한으로서의 연
애담을 기록한다. 특히 국민학교 5학년 홍연이와의 학교생활에
서 발생하는 다양한 에피소드와 더불어 홍연이의 일기 지도를
매개로 전개되는 선생과 학생의 연정과도 같은 교감의 피드백
이 이 작품의 서사적 매력을 보증한다. 1950년대를 대표하는 사
실주의 작가답게 작가 특유의 사실성과 낭만성을 길항하며 교사

와 학생의 위계적 관계 속에서도 청춘 남녀(강 선생+양 선생+홍연이)의 애틋한 떨림과 섬세한 감각을 삼각관계의 연애망 속에 선명한 장면으로 아로새기고 있다는 점에서 『내 마음의 풍금』은 1980~90년대의 낭만적 연애소설의 한 절정을 보여준다. 그리고 그 아련한 풍금소리의 여운은 소년소녀와 청춘남녀의 짝사랑과 첫사랑이 지속되는 한 여전히 우리 곁을 맴돌 것이다.

# 작가연보

1931년(1세)  10월 21일 경북 영천군 영천읍 금노동 462번지에서 아버지 하재중과 어머니 박연학의 장남으로 태어나다. 아버지의 고향은 영천군 신녕면 매양리, 조부 때까지 그곳에 살았다.

1934년(4세)  국민학교 교사인 아버지의 전근으로 영천을 떠나 경북 문경군으로 옮겨가다.

1937년(7세)  아버지가 칠곡군의 학교에서 일본인 교장과의 싸움으로 파면당하자 할아버지가 한약방을 운영하며 살았던 대구 칠성동으로 이사하다. 이후 아버지는 중학교 진학에 실패한 아이들을 가르치는 사설강습소인 실습학원 강사였다.

1938년(8세)  대구의 미까사마찌(三笠町)공립국민학교(현 삼덕초등학교)에 입학하다. 제3차 조선교육령으로 한국어 교육이 폐지된다.

1939년(9세)  파면당했던 아버지가 전라북도 김제군 백구면으로 옮겨가 사립 치문학교에 전학, 10월 아버지가 공립학교로 복직이 되면서 죽산면 죽산북국민학교로 전학하다. 김제군의 죽산과 봉남, 장수군의 산서 등지에서 십여 년을 살았다.

1940년(10세)   《동아일보》주최 전 조선 학생작품전 초등 도화부와 초
              등 수공부에 입선하다.

1944년(14세)   국민학교 6학년 때, 5학년 여학생이 정신대에 끌려가지
              않으려고 시집가는 일을 목도하다. 이 무렵을 전후하여
              어느 날 밤 부모님이 주고받는 대화를 통해 '일본'이 '우
              리나라'가 아니라는 사실을 처음으로 자각하다.

1945년(15세)   전주사범학교 입학. 사범학교 1학년 1학기 시절에 대해
              서는 「그 욕된 시절」 「일본도」 「죽창을 버리던 날」 「삼십
              이 매의 엽서」 「수양일기」 등에서 반복적으로 이야기하
              고 있다.

1948년(18세)   전주사범학교 재학 중 교원 시험에 합격, 학교를 중퇴하
              고 11월 아버지가 교장으로 재직하고 있는 전라북도 장
              수군 산서면의 산서국민학교에서 교편을 잡다.

1950년(20세)   전주형무소(당시는 인민교화소)로 끌려갔던 아버지가
              추석 무렵 좌익으로부터 학살당하다. 이때 장수에서 전
              주까지 두 번이나 걸어가 아버지의 시신을 수습했는데,
              그때 상황은 단편 「핏빛 황혼」(전라도 사투리로 말하는
              유일한 단편소설)에서 이야기하고 있으며 『야호』의 '정
              면장' 학살 장면에서도 짙게 반영되어 있다. 이후 「발가
              락은 멍들고」라는 소설을 습작하기도 하다. 12월 속칭
              '보따리부대'라고 불린 국민방위군에 소집되다. 소집 장
              정들의 행선지가 제주도 혹은 대만으로 갈지도 모른다
              는 소문 속에서 서너 달 동안 혹독한 추위와 굶주림 속
              에서 훈련을 받다가 거의 반신불수(팔을 하나 전혀 못
              씀)가 되다시피 해서 귀향하다.

1952년(22세)    전북에서 사표를 내고 영천으로 돌아가 늦은 봄, 고향
마을에 있는 영천국민학교에 복직해 휴전 무렵까지 2년
간 교편을 잡다. 이때, 같은 학교에 근무하는 이종순 교
사와 사귀다. 영천국민학교에는 부친이 9년, 작가가 2년,
아내와 누이동생도 몇 해 교사로 있었다.

1952년(23세)    영천국민학교에 사표를 내다.

1954년(24세)    학교에 사표를 내고 부산 동아대학교 공학부 토목과에
입학, 등록금은 약혼녀가 보태주는 형편이었다.

1955년(25세)    《신태양》 주최 전국학생문예 작품 모집에서 「혈육」이 당
선되다.

1956년(26세)    교육주보사 주최 교육소설 모집에 「메뚜기」가 당선되다.
현재 이 작품은 찾을 수 없는데,《세계》(1960. 4)에 발표
한 「온혈적」은 교육소설이면서 '메뚜기'를 다루고 있다
는 점에서 「메뚜기」의 개작일 것으로 추정된다. 가을 어
느 날, 영천과 부산을 오가는 동해남부선 열차 속에서
물건을 강매하는 상이군인을 통해 「수난이대」를 착상하
다. 12월 27일 영천국민학교에서 만나 약혼한 이종순과
결혼하고 영천읍 성내동에서 신혼살림을 꾸리다.

1957년(27세)    《한국일보》 신춘문예에 「수난이대」 당선. 아내가 경주의
학교로 전근, 동아대학교 중퇴하고 영천에 집이 있었으
나 징집영장을 기다리며 경주 황성공원 근처에서 과수원
을 하는 처가에 머물다. 군에 입대. 장남 승일 태어나다.

1958년(28세)    대구에서 발행한 《문학계》 창간호에 「육식동물」을 발
표하다. 논산에서 훈련을 마치고 군의학교로 가서 위생

병 교육을 받던 7월, 폐결핵에 걸려 밀양에 있는 육군병
원에 입원하다. 그때 병동 근처 무덤 곁에서 쓴 「산중 고
발」을 《사상계》에 발표하다. 군에서 의병제대.

1959년(29세)　《교육주보》사 입사, 홀로 상경하다. 신동엽, 박봉우 시인
과 백운대를 오르고 수락산과 도봉산을 등반하다.

1960년(30세)　《교육주보》사 퇴사하다. 미국에 살고 있는 장남 승일에
의하면 (2024년 10월 2일, 모친 장례 이튿날 영천을 방문
해서) 이 무렵을 전후해 경주에 있던 처남이 영천군 고경
면 도암동으로 이주해 있었고 아내도 도암동에 있는 청
경국민학교에서 근무하고 있었다. 네 살이었던 큰아들
승일은 이 학교 교실에서 공부를 했다고 한다.

1961년(31세)　교육자료사 편집부 기자로 입사하다.

1963년(33세)　교육자료사 퇴사. 대한교육연합회공제조합 발행 《새교
실》 편집부 기자로 입사. 함께 근무했던 만화가 박수동에
의하면, 편집실에서 성냥개비에 먹물을 찍어 원고를 고치
는 버릇이 있었다. 하근찬의 강권에 못 이긴 아내가 영천
에서 교직을 사임하고 서울로 와서 세 식구가 세검정에
솥단지를 걸었다. 이후 아내가 친정에서 빌린 돈으로 세
식구가 이사를 한 세검정의 집은 춘원 이광수가 살았던
집 사랑채였는데 그 집이 흉가라는 소문이 돌았다.

1964년(34세)　장편 『석가』(문장각)를 간행하다. 딸 승희 태어나다.

1966년(36세)　학생 잡지에 '포토스토리' 「비 개인 날의 목마」(《학원》
6)를 발표하다.

1969년(39세)    4월 사범학교 동기인 시인 신동엽이 사망하자 노제 때 조사를 낭독하다. 7월 대한교육연합회공제조합《새교실》편집부를 그만두고 전업 작가의 길로 나서면서 신촌에서 수색으로 독채 전셋집을 얻어 이사하다.

1972년(42세)    순정소설 「소야곡」을 《학원》 7, 8월호 2회 연재 후에 작가 사정으로 중단되다. 《신동아》 9월호에 「모일 소묘」를 《월간문학》 9월호에 「모일 축가」를 발표하는데 이 두 작품은 제목만 다른 같은 작품이다. '서울 일원에 선포된 위수령과 각 대학의 휴업령 철회, 학생에 대한 부당한 연행과 인권유린 중지와 체포된 학생 석방, 특권층의 부정부패 척결과 정보정치 폐지' 각계 인사 '긴급 선언'에 참여하다.

1973년(43세)    장편 「직녀기織女記」를 《현대문학》 9월부터 12월까지, 1974년 5월에 제1부 5회 연재 후 중단. 「족제비」가 '신(新)항일문학'으로 선정되어 《상황》 봄호에 재수록되다.

1976년(46세)    《새농민》에 중편 「십오야」를 7월부터 12월까지 연재하다.

1977년(47세)    장편 「외기러기」를 《국제식량농업》에 10월부터 1980년 12월까지 연재하다.

1979년(49세)    장편 역사소설 「남한산성」 집필, 『민족문학대계 14』(한국문화진흥원편, 동화출판공사)에 수록하다. 이 책에는 전병순의 「논개」 승지행의 「잡초 속에서」가 함께 수록되었다. 장편 『석가』(무등출판사) 재간행하다. 실명소설(박경수 소설가) 「삼베 바지와 장자기질」(《한국문학》 8)을 발표하다. 이때 박경수는 하근찬 실명소설 「술 끊는 약」을 발표. KBS 라디오 단막극으로 「노은사」(3월 9일) 방송.

1980년(50세)　《국제신문》에 장편 「산중 눈보라」를 1월 1일부터 11월 25일까지(277회) 연재하던 중 언론 통폐합으로 중단되다. 장편 『석가』(인문출판사)를 재간행하다. KBS 문예극장에 「흰 종이수염」이 방영(2월 8일)되다.

1981년(51세)　장편 「외기러기」를 개제한 『제복의 상처』, 『월례소전』을 개제한 『월례는 본시 그런 여자가 아니었습니다―월례소전』 간행. TV문학관에 「나룻배 이야기」(4월 11일)가 방영되다.

1982년(52세)　문인해외관광단의 일원으로 태국, 그리스, 이탈리아, 프랑스를 여행하다. 가와바타 야스나리의 『설국』(학원사)을 번역해 간행하다.

1983년(53세)　「산에 들에」로 제2회 조연현문학상 수상.

1984년(54세)　제1회 요산문학상 수상. 동화 「다람쥐와 강아지」 집필하다. 「소년 유령」을 「어린 넋」으로 개제해 『수난이대(외)』(범우사)에 수록하다.

1985년(55세)　'문제작의 주인공, 다시 돌아오다'를 주제로 한 「일본도」의 주인공 한원길의 일본 여행기인 「사십 년이 흘러간 뒤에」(《한국인》 3)를 발표하다. MBC 문제작 시리즈 드라마에 「그해의 삽화」(8월 16일)가 방영되다.

1986년 (56세)　장편 「은장도 이야기」를 《2000년》 1월부터 1987년 5월까지 1부만 연재하다. 장편 『석가』를 개제ㆍ개작한 『소설 석가모니』(도서출판 사사연) 간행하다. 《한국일보》에서 연재한 '명작의 무대―문학기행'에 『야호』가 선정되어 박래부 기자와 작품 무대를 둘러보다. TV문학관에 「노은사」(3월 15일)가 방영되다.

1987년(57세)　　장편『야호1~3』를 지식산업사와 중앙일보사에서 각각
　　　　　　　　재간행하다. 이 해 여름 중앙일보사 기자와 영천을 찾아
　　　　　　　　『야호』「흰 종이수염」「수난이대」「나룻배 이야기」의 무
　　　　　　　　대를 둘러보다. 중편집『여제자』간행하다. MBC 8부작
　　　　　　　　드라마로『야호』(3월 8~31일)가 방영되다.

1988년(58세)　　유주현문학상 수상.

1989년(59세)　　《한국경제신문》에「금병매」연재하다.

1990년(60세)　　『삼성당 메아리 한국문학전집 26』에 개작한「월례소전」
　　　　　　　　을 수록하다.

1992년(62세)　　『금병매1~5』간행하다. 8인 콩트집『뭘 봐요?』(도서출판
　　　　　　　　아름다운 세상) 간행. KBS 2TV 수목 미니시리즈로『검
　　　　　　　　은 자화상』(6월 24일~8월 6일)이 방영되다.

1993년(63세)　　장편『소설 석가모니』를 개제한『싯다르타』(한벗) 간행
　　　　　　　　하다.

1995년(65세)　　장편『제국의 칼』(전 3권) 간행하다.

1996년(67세)　　고등학교 교과서에「수난이대」수록되다.

1997년(67세)　　산문집『내 안에 내가 있다』간행하다.

1998년(68세)　　10월 20일 보관문화훈장 수훈.

1999년(69세)    영화 제안을 받고 중편 「여제자」를 개작한 장편 『내 마
               음의 풍금』 간행하다.

2007년(77세)    11월 25일 타계하다. 묘지는 충북 충주시 앙성면 본평리
               산 43-13 진달래공원묘지에 안장. 2024년 9월 28일 부
               인 이종순 여사 사망 후 합장.

작품연보

1957년　「수난이대」(《한국일보》 1. 1)

　　　　「낙뢰落雷」(《신태양》 6)

1958년　「육식동물」(《문학계》 3)—「이지러진 입」(《문예》 1960. 1)으로 개작

　　　　개제

　　　　「산중 고발」(《사상계》 10)—「죽음의 골짜기」(《시사》 1966. 6)로

　　　　개작 개제

1959년　「나룻배 이야기」(《사상계》 7)

　　　　「흰 종이수염」(《사상계》 10)

1960년　「절규」(《새벽》 2)

　　　　「온혈적溫血的」(《세계》 4)—교육소설 모집 당선작

　　　　「메뚜기」(《교육주보》 1956)의 개작 개제로 추정

　　　　「산까마귀」(《새벽》 7)—「산중우화」(『현대한국문학전집 13』,

　　　　신구문화사, 1967)로 개제

　　　　「위령제」(《사상계》 9)—「두 원혼」(《시사》 1967. 3)으로 개작 개제

　　　　「홍소哄笑」(《현대문학》 9)

1961년　「분糞」(《현대문학》 6)

1962년　「나무 열매」(《사상계》 2)—「오동 열매」(『흰 종이수염』, 삼중당,

　　　　1977)로 개제

　　　　「벽지행僻地行」(《신사조》 7)—「벽지로 가는 길」(《시청각교육》

　　　　1965. 3~4)로 개작 개제

1963년　「왕릉과 주둔군」(『전후 정예작가 신작 15인집』)

「기아선상에서」(《소설계》7)—전국학생문예작품 모집 당선작

「혈육」(《신태양》 1955. 8)의 개작 개제

「계급장과 동심」(《해군》 9)—소년소설

「두 아낙네」(《세대》 11)

1964년　「산울림」(《사상계》 1)

「승부」(《현대문학》 5)

「도적」(《문학춘추》 7)

「바람과 노교사」(《시청각교육》 9)—「바람 속에서」(《청맥》 1966.
4)로 개작 개제

「그 욕된 시절」(《문학춘추》 10)

「붉은 언덕」(《사상계》 12)

1965년　「낙도落島」(《신동아》 3)

1966년　「삼각의 집」(《사상계》 1)

「봄타령」(《창작과비평》 여름)

1969년　「낙발落髮」(《신동아》 10)—중편 「기울어지는 강」(《한양》 1972. 8,
9~10, 11)으로 개작 개제

1970년　「족제비」(《월간문학》 1)

「너무나 짧은 봄」(《여성동아》 8)—「섬 엘레지」(《한양》 1971. 6, 7)로
개작 개제

「그해의 삽화」(《창작과비평》 가을)

1971년　「팁 이야기」(《다리》 2)—「특근비와 팁」(《한양》 10, 11)으로 개제

「일본도」(《현대문학》 9)

「죽창을 버리던 날」(《창조》 10)

1972년　「우산」(《한양》 2,3)—「삽미澁味의 비」(《문화비평》 1973. 가을)로
개작 개제

「핏빛 황혼」(《북한》 4)

「삼십이 매의 엽서」(《월간중앙》 6)

「소야곡」(《학원》 7~8)—하이틴 소설. 2회 연재 후 중단

「모일某日 소묘」(《신동아》 9)—「모일 찬가」(《월간문학》, 1972. 9)와
같은 작품
1973년 「원元 선생의 수업」(《현대문학》 1)
「조랑말」(《문학사상》 3)
「필례 이야기」(《세대》 3)
「주연기酒宴記」(《한양》 6, 7)—「후일담」(《시문학》 1977. 5)으로
개작 개제
「옛 제자」(《새농민》 8)
「서울 개구리」(《문학사상》 12)
1975년 「수양일기」(《소설문예》 12)
1976년 「전차 구경」(《문학사상》 1)
「임진강 오리 떼」(《뿌리깊은나무》 5)
「남을 위한 땀」(《월간중앙》 5)
「보랏빛 연가」(《통운 동아》 1~6)—중편
「십오야十五夜」(《새농민》 7~12)—중편
「탈춤 구경」(《한국문학》 8)
「일야기一夜記」(《신동아》 9)
1977년 「노은사老恩師」(《현대문학》 1)
「준동화」(《소설문예》 3)
「남행로南行路」(《문학사상》 5)
「장사葬事」(《한국문학》 12)
1978년 「간이주점 주인」(《현대문학》 2)
「성묘행」(《월간중앙》 7)
「유령 이야기」(《월간문학》 7)
「소년 유령」(《주간조선》 11/12)
1979년 「두 축하연」(《문학사상》 11)
「산길을 달리는 오토바이」(《한국문학》 11)
1980년 「두 죽음」(《소설문학》 12)

1981년　「겨울 저녁놀」(《문예중앙》 봄)

　　　　「고도행古都行」(《세계의문학》 가을)

1982년　「신비한 물결」(《월간조선》 10)

1983년　「산의 동화」(《문학사상》 7)

　　　　「바다 밖 2제」(《소설문학》 12)

1984년　「가랑비」(《북한》 8)

　　　　「화초 갈무리」(《광장》 10)

　　　　「조상의 문집」(《한국문학》 12)

　　　　「잉어 이야기」(『화가 남궁 씨의 수염』 수록)

　　　　「여제자」(『수난이대(외)』 범우사, 1984)

1985년　「안개와 연꽃」(《금강》 1~4)―중편

　　　　「사십 년이 흘러간 뒤에」(《한국인》 3)

　　　　「화가 남궁 씨의 수염」(《동서문학》 12)

　　　　「이국의 신」(《외국문학》 6)

1986년　「공예가 심 씨의 집」(《월간조선》 12)

1991년　「심야의 세레나데」(『검은 자화상』 수록)

1996년　「두 일본인」(《한국소설》 여름)

2000년　「슬픈 장난감」(《한국문학》 6)

2001년　「나체 이러쿵저러쿵」(《문학사상》 11)

2002년　「헌책에서 대 전집으로」(《문예운동》 9)


## 장편 연재

「야호」(《신동아》 1970. 1~1971. 12)

「월례소전」(《여성동아》 1973. 6~1975. 12)

「직녀기」(《현대문학》 1973. 9~12, 1974. 5)―5회 연재 후 중단

「안개는 풍선처럼」(《부산일보》 1973. 11. 1~1974. 11. 11)―『사랑은
　　　　풍선처럼』으로 간행

「외기러기」(《국제식량농업》1977. 10~1980. 12)―『제복의 상처』로 간행

「산중 눈보라」(《국제신문》1980. 1. 1~11. 25)―언론 통폐합으로 연재 중단

「산에 들에」(《현대문학》1981. 11~1983. 8)

「은장도 이야기」(《2000년》1986. 1~1987. 5)―제1부만 연재

「작은 용」(《문학정신》1986. 10~1988. 10)

「쇠붙이 속의 혼」(《전북도민신문》1988. 11. 23~1989. 10. 31)―『징깽맨이』로
　　　　간행

「검은 고기」(《통일》1988. 1~1989. 6)―『검은 자화상』으로 간행

「제국의 칼」(《한국경제신문》1993)